英雄与恶徒

Heroes
and Villains
–
Angela
Carter

〔英〕安吉拉·卡特 著
刘慧宁 译

四川文艺出版社

果麦文化 出品

现实有时难以言传，却又寄身于传说传遍世界。

——让-吕克·戈达尔《阿尔伐城》

看，他赤身露体，恶容满面，
他的一只手掴打着那暴雷的脸；
另一只手死死钩住，
那倔强的岩石的链；
每一浪都将他拍打在石岸，
将他撕裂成血肉淋漓的火焰。
而他只是说着，这味道甚好，
当他的爱人身披着他的鲜血。

——安德鲁·马维尔《不幸的爱人》

哥特文体本质上是一种戏仿，它将陈腐主题发挥到令人发指的程度，以此作为攻击手段。

——莱斯利·费德勒《美国小说中的爱与死》

逃向哪儿去呢，去到一个未知的荒芜地界，抑或是野兽和像野兽一样未开化的野蛮人的栖所？

——普列沃神父《曼侬·莱斯科》

一

玛丽安有一双凛冽的眸子，性子也毒，但父亲依旧爱她。她的父亲是历史学教授。他有一只钟，每天早晨上完发条后，他就把钟放在餐厅的餐具柜上。柜子里摆满了不锈钢盘碟和刀具，都是她家的传家宝。在玛丽安看来，那钟是父亲的宠物，就同她的兔子一样。不过她的兔子没活多久就死了，死后被生物学教授做成了标本。而那钟，仍谜一般地走着，于是她断定那钟是长生不死的。但即便如此，她也没觉得有多了不起。她坐在桌旁吃饭时，会冷冷地看着时钟的指针转着圈，但她从未觉得时间在流逝，因为在她身处的这片与世隔绝之地，时间冻结了，眼前的一切都沉浸在田园生活的安宁之中，忙碌的时钟将每分每秒都刻成冰雕。

玛丽安住在一座钢筋混凝土筑成的白塔里。秋天时向窗外望去，会看见整座山一片辉煌，玉米满地，果树被红苹果压得嘎吱作响；春天，田地如旗子般铺展开来，满眼枯黄不久便成了一片嫩绿。农田的那一边只有沼泽地，一英亩范围内都是不起眼的乱石，四周的森林影影绰绰。八月下旬，树林在暴风雨的电光雷火中，仿佛在步步逼近，要威胁人类的地盘。不过一般时候，村民们都视而不见。

她那座塔周围建了不少钢筋混凝土房屋，它们历经风吹雨打，现在作为营房、博物馆和学校使用。除此之外还有马厩、菜园和方正稀疏的木屋。村子里种了玉米、亚麻、蔬菜和水果，村民养牛吃肉、喝奶，养羊取毛，养鸡吃蛋，采用最基本的自给自足形式。他们还用剩余农产品换取书籍、弹药、机器配件、武器、工具和药物等医疗用品。动物的叫声，马车的吱呀声，公鸡的咯咯声，营房的军号声，萦绕着玛丽安的童年。二三月间，呼啸的风会穿过新垦的农田从海上刮来，但玛丽安从未见过海。

她不能踏足村子之外，不能走出铁丝网围墙。有时羊群会溜达出去，越过长满欧石楠的小山丘走到废墟里。有时牧羊人会跟出去，但他们是极不情愿的，要荷枪实弹才肯出去。农产品运出时都有士兵护送，但即便如此，野蛮人有时也会杀了士兵，绑架运输人员。

“如果你不听话，野蛮人就会把你吃掉。”玛丽安的奶妈说。奶妈是个女工，每只手有六根手指，玛丽安想不通，因为她自己只有五根。

“为什么？”玛丽安问。

“因为野蛮人天生就这样，”奶妈说，“他们把小姑娘裹在黏土里，就像裹刺猬那样，放在火上烤，再撒上盐吞了。他们喜欢吃细皮嫩肉的小姑娘。”

“那我的肉恐怕太老了。”玛丽安顶嘴。然而见奶妈真心相信自己所说的话，玛丽安又不免怀疑她说的是真的。她想，说不定野蛮人来一次，奶奶就不会这么讲了。孩子们会玩“士兵与野蛮人”[1]的游戏，他们用手指比作枪，互相攻击。士兵总是赢，因为这就是游戏规则。

“士兵是英雄，野蛮人是恶徒，”数学教授的儿子气势汹汹地说，“我是英雄，我要打死你。”

“不，你打不死我，”玛丽安做了个吓人的鬼脸，“我不玩了。”

她舅舅是这儿的上校，讲话声音刺耳吵人，让她讨厌，而她哥哥是学员，是母亲的心头肉。玛丽安违反游戏规则，绊了数学教授的儿子一跤，弄得他满地打滚，号叫连连。其他孩子很快就不带她玩了，但她也无所谓。她是个瘦巴巴的小孩，她的所有东西都得写上名字，连牙刷都写上，所以从不丢东西。

这片文明之地被铁丝网包围，铁丝网内是瞭望塔，塔上每隔一段距离架设一把机关枪。围绕着村子又是一圈架有铁丝网的结实矮墙，墙上只有一道木门作为入口，并设哨所监控。野蛮人来袭时，无法立刻进村，因为要想进入村子，必须先攻克大门。六岁时，玛丽安第一次见到了野蛮人。

那天是五朔节[2]，野餐丰盛，乐声飘扬，士兵们进行了一场盛大的阅兵演练。玛丽安的父亲生性忧郁，那天他缩在书房里

1　儿童游戏“牛仔与印第安人”的翻版。—— 译者注（如无特殊说明，本书注释均为译者注）

2　五朔节是欧洲传统节日，每年五月一日举行，祭祀树神、谷物神，庆祝农业收获及春天的来临。主要的节日活动有游园会、装饰树木、选取五月王后等。

看书，全村只有他独享这份优待，玛丽安的母亲、塔里的女教授以及工人们都忙得热火朝天。他们烹制美味佳肴，熨烫最好的衣服。玛丽安跑来跑去，惹惹这儿，烦烦那儿，偷来点生面团，到处惹是生非。最后奶妈终于按捺不住，恨恨地说："我来管管她。"

她用一只胳膊架起玛丽安，把她带到楼上一个没人住的房间。房间里开了一扇小窗，直通外面的白色铁阳台。奶妈有这房间的钥匙，她把玛丽安锁起来后，透过钥匙孔看着她说："我回来之前你就老实待在这儿。"真是奇妙，玛丽安一下子就没了在厨房时的神气，整个人像泄了气的气球一般。她坐在房间中央的木板上四下看了看。一根藤蔓弯弯曲曲地从外面爬进窗户，真像一条蛇。这些年来，树林里出现了各种各样的蛇，甚至还有几种毒蛇。玛丽安不害怕一个人待着，但是她很生气。她爬上咿呀作响的阳台，透过栏杆之间的空隙往下看。从这个高度俯瞰，村子显得袖珍无比，整洁的面貌、明丽的色彩让这里如同常年欢欣祥和的世外桃源。果园里的花儿随着枝条颤动，田野一片淡绿，黑莓刺丛中蹿出一根根钢筋，如同一道道黑色彩虹。覆盖着千屈菜的高架桥纵横交错，一直通向废墟中心尚未被掩埋的钙化土地。视野的四周盘踞着深不可测的森林。

玛丽安在口袋里发现了一块饼干，便拿出来吃。她穿着格子裙和棕色毛衣，金发梳成长长的马尾辫。她把房间里的东西打破想看看里面是什么。哥哥今年十六岁，比她大十岁。奶妈常说："你该爱你的哥哥。"玛丽安问："为什么？"这日她孤零零地被扔在一边，如此好的天气，她却被困在高塔里。饼干吃完了，可她还是饿，只好悻悻地咬着辫子尾巴。

她看见士兵队列跟着军乐队出来了，人数不多的军乐队正演奏着进行曲。所有士兵都穿着黑色的皮制服，戴着玻璃面罩的头盔，身后背着步枪。全村人都前来观摩，玛丽安在人群中发现了母亲和奶妈，她哥哥则站在士兵队列中。所有人的衣着都整齐得体，衬衫和裙子白如纸，西装黑如墨。玛丽安倍感无趣。一只鸟落在阳台上，歪着头，幸灾乐祸地看着她。这是一只海鸥。

"你好呀，小鸟，"她说，"你从很远的地方来吗？你见过野蛮人吗？"

"野蛮人"，她喜欢这个词的抑扬顿挫，读来如同撩拨热情活泼的四弦吉他。这时，她注意到木栅栏那边的玉米地里有一丝扰动的踪迹，不像是风，风不会发出刺耳的马鸣声，现在也还没到罂粟绽放的季节，地里却刺出一抹浓烈的鲜红。她将视线聚焦在栅栏那边，那踪迹一直延伸到栅栏前，压烂了玉米苗，撞碎了栅栏。突然，一个个骑马人腾空跃出，四处响起了恐怖的叫喊声。他们身穿毛皮和耀眼的破布衫。进来前他们已经拧了瞭望塔里一个看守的脖子，哨所里的两个士兵在打牌，未能及时发现入侵者，也被射杀了。这就是不遵守军纪的下场。村子陷入一片混乱。

这群暴徒打砸偷抢，奸淫掳掠，必要时也会杀人。他们如同梦魇中的小鬼，肤色斑斓，一头长发飘扬在脑后。他们周身闪烁的金属圆片，曲度奇特，应该是从废墟中捡来的。他们的马匹装饰繁复吊诡，马鬃和马尾上挂着破布、刀、铃铛和链子，人与马浑然一体，仿佛胡乱涂抹了油彩的异教半人马，看起来有实际的两倍大。他们正拿着长枪开火。文明有礼的人群在清晨最美好的时刻遭遇这午夜梦魇，顷刻间四下逃窜，哀号响彻云霄。

玛丽安木然地望着大片的鲜血，就像看牛血羊血一样。当她从这片绿意盎然的战场抬起眼睛时，她看见另一群野蛮人（全身佩了许多刀，脸上的油彩黯淡些）正不声不响地越过铁丝网。士兵们身陷战斗之中，那群野蛮人便不慌不忙地拿走了一袋袋面粉、一罐罐黄油、一匹匹布料，没人来拦他们。他们在房子里进进出出，偶尔拿出刀来威胁挡路的人，她甚至看见有女工像是在帮助他们。玛丽安饶有兴味地观察着眼前的一切。

士兵和野蛮人站在地上拼死相杀，马匹离了人，在人群中不安地攒动、嘶鸣。枪声、人声响彻天空，直逼玛丽安的耳朵，她全神贯注地听着。一个野蛮人头戴装饰了牡鹿角的羽毛头盔，出现在博物馆的平顶上，犹如一轮狂放的太阳。他嘴里叼着刀，正准备跳下去加入战斗，却突然被一颗子弹打烂了眼睛。他的嘴歪了，刀落了，身体在空中划出一道美丽的弧线，摔落在地，脑浆四溢。这是玛丽安第一次目睹人的死亡，而第二次便是她的哥哥。

在漫天的扬尘中，他正和一个毛发旺盛、手中持刀的小野蛮人滚打着。两个人摔得翻来覆去，毛皮的毛模糊了他们的脸，刀在阳光下熠熠闪光。他们扭打的方式不太寻常，仿佛特地在此向她展示暴力的真实面目。在野蛮人厚重的黑辫子和鬈发之间，两人的面庞时隐时现，她能看见他们正死盯着对方，两张脸上都是惶恐的表情，好像他们从未料想到自己会卷入这一场殊死搏斗。

母亲回到塔里，她大概是看到他了，唤了他一声，哥哥或许是听到了，又或许是被其他声响分散了注意力，向旁边看了一眼，就在这时他的对手趁机将刀插入他的喉咙。血冒了出来。小野蛮人扔下刀，将这缕刀下冤魂搂入怀中，温柔得近乎怪异，一直到他怀中的人没有了生气。玛丽安巴望着能来个人把这小野蛮人一枪打死，可是周围没有人有枪。那小野蛮人把这具渐冷的尸体靠在墙上后，又蹲坐回去，一面将头发从脸前撩开。她看见他脖子上戴了几串珠子，手上戴满了戒指。她所在之处比他高出许多，所以他看起来矮小得很，她只顾盯着他那些戒指看，因为它们正在阳光下闪闪发光。打斗的声音如一首骇人的乐曲。小野蛮人往上看了一眼，发现这个神情严肃的小孩正望着他。

他涂抹了黑、红、白条纹的脸上闪现出莫名的恐惧，他惊惶地用手在空中比画了几下。玛丽安长大后再回想——她无时无刻不在想着——也许他是在做抵挡恶魔之眼的手势。她咬了咬辫子。他站了起来。突然，子弹噼里啪啦地打在他背后的墙上，一颗子弹击中尸体，尸体颤抖了几下，好似又活过来似的，这时一匹马穿越枪火疾驰而来，那小野蛮人一跃而上，顷刻间消失得无影无踪。骑马人四散而去，袭击结束了。

村子里几乎一片死寂，只听得见牛儿惊恐的低鸣、几匹马和几个人的垂死挣扎。一共死了五个士兵，几个野蛮人伤得太重没跑掉，简单的几枪就被解决了，被埋进一个坑里。一个女人被野蛮人掳走了，时不时会发生这样的事。食物、布料、牛、鸡都被抢了一些，足以弥补野蛮人在袭击中的损失，以往也都是如此。

天黑后，父亲找到了玛丽安，她正酣睡在离阳台最远的角落里，吮吸着大拇指。她梦见涂满深色油彩的脸，哭着醒来，父亲亲了亲她。

“都结束了，该回去睡觉了。”

她饿极了。这时她想起早晨尚在烹煮的佳肴，她不知道那些都已成了葬礼餐食。

“我想吃东西，我想吃蛋糕。”她说。

“你现在可不能去找你母亲要蛋糕。”父亲说完拿了一杯牛奶和几片黄油面包来到她房间。不知为何，她在哭泣中睡着了，父亲一直握着她的手。他没有头发，也没有眼睫毛。

“你哥哥去了废墟，那死人去的地方，”玛丽安的奶妈说，“废墟里全都是鬼。”

以前哥哥走到哪儿，母亲就跟到哪儿。现在他死了，母亲心都碎了，她行尸走肉地又活了两年，后来因为误食毒水果而死，她是欣然赴死的，没有丝毫挣扎。此后，玛丽安和父亲一起生活，连同已经年老得去不了其他地方的老奶妈。他们相处融洽，父亲教玛丽安读书、写作和历史，她读着他一屋子的旧书。待在父亲的书房时，她会向窗外望去，望向田地那边的沼泽和黑莓刺丛，想象着林子里住着人。

“玛丽安，你能想象‘一百万’是多少吗？”父亲问。她脑海中想象着村里所有人站在空地上，乘以二，再乘以二，乘以二，再乘以二，乘以二……玛丽安数不清了，她摇了摇头。

“那就忘记这些大数吧，”他说，“虽然它们曾经很重要。你知道‘城市’指什么吗？”

她想了一会儿。

“废墟？”她猜。

于是他指引她去查字典，读芒福德[1]等人的著作，可字典里满是玛丽安不认识的词，只有通过其他书的上下文她才能理解，因为这些词早就无法应用于现实，它们所代表的只是抽象

---

1 刘易斯·芒福德（Lewis Mumford），美国社会哲学家，以对城市和城市建筑的研究而闻名，代表作有《城市发展史》(*The City in History*)。—— 编者注

的概念、逝去的回忆。

玛丽安不再似从前那般恶狠狠的，但是她脸上长出了奇特的皱纹，看起来很不好惹。父亲说世界上没有鬼魂，所以她会不听奶奶的劝阻，独自一人前往沼泽。玛丽安身材纤细，身手敏捷，她沿着羊的足迹追寻，想象着这里居住过的万千男女，其间从未摔倒或受伤。她逐渐了解了这里的生存法则，尽可能远离无处不在的、长满利刺的丑陋植物，也不会去触碰聚集了五彩苍蝇的黏腻的绿紫色浆果，那些苍蝇是浆果秋天生出的，浆液有毒，会伤到手指。她知道有的黑莓刺丛下面是深不见底的洞，不过她不晓得这些洞是做什么的。她发现只要她不去理会住在堵塞的阴沟里、时而出来活动的巨牙肥老鼠，老鼠也会自顾自地不理会她。

曾经的壳形房屋如今成了洞窟，里面杂草蔓生，完全不像人类居住过的样子，她也从未在里面见过人，只发现过剔干净的动物骨头和人类粪便。这意味着废墟里的鬼魂也吃东西也排便，他们很有可能根本不是鬼魂，只是不再具有社会特征的人，就像那些在村口乞讨的沼泽地里的乞丐，无论男女，满身疮痂，肢体畸形，衣不蔽体。有时士兵会扔面包给他们吃，有时会朝他们头上放几枪赶他们走，但从不会放他们进来。

“他们是社会弃儿中的弃儿。”父亲说。玛丽安十二岁时，他又告诉她：

“在战争爆发前，世界上还有大学，大学里的人每天只是读书、做实验，他们享有许多特权，虽然大多都不是明面上的。无论如何，战争期间，一些教授和家属得以进入最隐蔽的避难所。事实证明，幸存下来的人中，只有他们可以将人类社区重建得如此舒适宜人，将颓败乱象阻挡在外。”

父亲是村子里读书最多的教授，他的工作是重建过去。他光秃秃的眼睛视力很糟，看东西模糊。他大概快瞎了，瞎了以后他就只能用手摆弄东西，比如他那只钟。玛丽安得读书给他听，说不定得读卢梭。他正在写一本关于社会学理论考古的书，村里除了玛丽安大概没人会想读，可玛丽安又读不懂。村子里大多都是农民，少数几位教授是这里仅有的文化人，他们通过商队带信给其他村落的教授。士兵则负责保护村里所有人。

“战争之前，树林里没有野兽，不过那时也没什么树林，除了个别地区，所有人都互相来往。但是现在人们都彼此隔绝了，人种也开始分化，从我们这样的工匠人种中分化出猎人人种、林人人种[1]以及各种各样的其他人种。玛丽安啊，那时候人们会在笼子里饲养野兽，比如狮子、老虎，观察它们，研究它们。大火之后，野兽逃了出来，谁能想到它们会适应得这么好呢？”

父亲喜欢问这样的问题，教授们都喜欢，而他尤甚。有时

1　工匠人种、猎人人种、林人人种，原文为拉丁语 *Homo faber*、*Homo praedatrix*、*Homo silvestris*，直译为英文即 human the maker、human the predator、human the forest。*Homo faber* 在最初语境中指人类可以利用工具改变命运和环境。

她猜想他根本不是在和她讲话，他只是在自言自语，或是对着他脑海中汇聚一堂的学者们发言。不过，他的每句话她都谨记在心。

村子里惯有的平静时不时会被打破。有天半夜，一个工人突然发了狂，不顾熟睡的妻子和三个孩子，点着了房子。妻子和孩子在浓烟中窒息而亡，而那个工人跑上街去，又哭又笑，之后登上教授们的高塔，从阳台跳了下去。自杀在工人和教授中并不罕见，因为他们到了一定年龄后会感受到衰老的逼近和智力的迟缓。但士兵不会自杀，因为他们需要遵守纪律。相比之下，他杀是少见的，而且通常发生于野蛮人袭击之前。

还有一次，一位老人闯进博物馆，蓄意砸毁玻璃罩和里面的珍贵展品。他找来一罐红漆，在博物馆的墙上写道："我是个老人，我希望今天就是审判之日。"他攥着一根蜡烛走到加油站，然而警铃响了起来，他还没来得及破坏，士兵就把他射杀了。士兵处理那些畸形人的方法也令人难以理解。

父亲说："士兵被授权维护治安、保护我们，但是他们渐渐有了统治的权力。"

博物馆事件后不久，野蛮人又来了。这场袭击既在意料之中，又在意料之外。整整六年来没有过袭击，村里的时间既如永恒，又如片刻，一天的平静和十年的平静似乎给人的感觉无甚差别。这次的野蛮人不是上次杀死玛丽安哥哥的那群，他们卑鄙地趁着夜色徒步潜入，毒死偷不走的牛，划开士兵的肚子，勒死站岗的看守。那夜之后，四个女工没了踪影。

“他们把女人强奸完了，就把她们的肚子剖开，把猫缝在里面。”越老越怪的老奶奶说。

“不可能，”玛丽安说，“首先，他们不可能养猫。我们养猫是为了防止老鼠吃玉米，还让我们的感情有所寄托，但是他们既不种玉米，而且在我看来也没有一点感情。”

“你们这些小家伙总以为自己知天知地，其实你们什么都不知道，”老奶奶说，“罢了罢了，总有一天野蛮人会把你抓走，在你肚子里缝一只猫，到那时候你就知道了。”

虽然玛丽安不相信她，可肚子里却一阵痉挛，仿佛有只猫，像奶妈那只黑猫那样的，在她肚子里踱步。她清楚地回想起杀她哥哥的那小野蛮人的脸，他的项链、戒指和刀，而她哥哥的面孔却是模糊一片。有时她会梦见他死了，还有一次她醒来后意识到，梦中两人的脸重合了，她看到的是那小野蛮人杀死自己，或是他的二重身。这场重现的梦让她惊扰不已，她醒来后发现衣服汗湿了，然而这并不完全是出于害怕。

“卢梭曾论及高贵的野蛮人[1]，但是如今再无高贵的野蛮人。想想那个杀了你哥哥的野蛮人。”父亲说。

---

1 “高贵的野蛮人”(noble savage) 这一概念是欧洲殖民者在发现美洲、非洲以及大洋洲的当地土著民族时产生的。让－雅克·卢梭认为，人在自然状态下天性无私、崇尚和平、无忧无虑，而贪婪、焦虑以及暴力等许多负面因素都是文明的产物。

“我确实，”玛丽安承认，“经常想到他。”

他握紧拳头，注视着她，眼神中流露出一丝恐惧。他的双眸如雨水般清澈，声音轻柔缥缈，皮肤细腻透亮，他像其他教授一样，穿着一套上好的深色套装。玛丽安多么爱他，好希望能摸摸他以确认他就在眼前。

玛丽安十六岁时，父亲问她：“村子里的年轻人你有看中的吗？”

她在脑海中将军队学员过了一遍。每位教授的长子都会成为学员，这是传统。然后她又考虑起教授们的非长子，他们都会继承父亲的身份，成为年轻的教授，她甚至连工人也考虑了进来。思忖良久，玛丽安告诉父亲，她不会和村子里任何一个年轻人结婚。

“我不想结婚，”她说，“我不明白为什么要结婚。我也许可以嫁给一个外地来的陌生人，但是我不会嫁给这里的人。父亲，这里的人都太无趣了。”

“你母亲是个了不起的女人，”他突然思考起自己的婚姻，“我不英俊也不潇洒，但她还是嫁给了我，我真幸运。”

“我觉得她才幸运呢。”玛丽安说。

“我们都是灾难中降生的孩子，”他用学者的口气说道，“我们必须接受现实。”

“为什么！”她嚷道。

“你会明白的。”他说。她想起奶奶说过：“你什么都不懂。”她想，父亲老了。她无限温情地看着他，仿佛他已身患绝症。

“你从来不和其他孩子交朋友，”他说，“我知道你不喜欢住在这里，可你去不了别处，安逸之外只能是混乱，玛丽安。”

他们很久没在家里的餐厅吃饭了，所以钟已经被挪到了卧室里。他讲话的时候，那钟小心翼翼地嘀嗒着，仿佛它所指示的时间是他们三个的秘密。

“如果野蛮人统治了地球，地球将会毁灭，他们不懂得治理之道。他们的祖辈侥幸在避难区以外存活了下来，现在不过是苟延残喘。他们把我们当作猎物，掠夺我们的东西，因为他们没办法自给自足，但野蛮人又意识不到我们对于他们的重要性。如果有那么一天，野蛮人最终毁灭了我们的文明，他们自己也会衣食不保，所以我想他们不会这么做的，我们会达成某种平衡状态。但士兵一心想歼灭野蛮人，这是由于士兵以征服来满足好胜心。话说回来，如果野蛮人被消灭了，我们又该将生活的不幸归结于谁呢？”

玛丽安爱父亲，所以她机灵地用手捂住嘴巴打了个哈欠。她爱他，但是他让她昏昏欲睡。

她讨厌五朔节，于是一大早拿了点吃的就开溜了。她来到以前从未到达的废墟深处，走上一条曾经的大马路，步履异常轻松。她深入这座城市的中心，这一区域已经全部化为矿石，只有黑色、赭色的石头，甚至白欧石楠都不愿在这里扎根，侵入的沼泽呈现出黏腻的黑色。四周一片寂静，兔子不在这儿做窝，鸟儿也不在这儿搭巢。她发现一堆包着腐尸的破布便不敢再看了，赶紧向前跑去，一直跑到灌木丛生的沼泽边。这里废墟和灌木、矮树自然融合，只有几座建筑耸立突出。她进到森林里去。

垂直的树木拦腰截断远处起伏的山丘，这里是狼、熊、狮子、鬼魂和乞丐的栖身之处，然而即使她蹑手蹑脚，却也什么都没发现。晌午已过许久，阳光倾斜地落在树干上。一头长着鹿角的牡鹿因她的出现受到惊扰，还没等她看清楚，就从灌木丛里闪身溜走了。她想起了那个从博物馆屋顶跌落的野蛮人头上的鹿角，那天也是五朔节，距今整整十年了。山楂树上开满了鲜花，整片荒野都已被花朵笼罩。月亮菊、金凤花，这各式各样的野花在细密的草间若隐若现。她看见一条花蛇正盘踞在粗树枝上，但蛇没有伤害她，也没有对她吐出舌头。鸟儿的歌声和叶间的风声并未给林中增添躁动，反而显得越发幽静，玛丽安甚至可以听见自己体内血液流动的声音。

她以为这林子里就她一人，直到她遇见一个身穿黑毛皮长袍、颈戴数串项链的男人，她在他发现之前迅速躲进了后面的灌木丛里。他正蹲在地上，用一把小铁锹挖地里的植物，挖出来的放进篮子里。他身形硕大，远不止六英尺[1]高，一头黑色

1　1 英尺 = 30.48 厘米。

鬓发如一片云彩，直垂到肩膀，稀疏的胡须分成两撮，一撮染成红色，一撮染成紫色。他劳作时自言自语，一头驴被拴在旁边的树上，树上还拴了个小孩。

小孩脖子上箍了一个项圈，项圈上套着锁链。他上身没穿衣服，下身穿了一条破破烂烂的裤子，嘴里吃着什么，口水直流。他十二三岁的样子，整个胸部、手臂和脸部都文满了蜿蜒交错的图案。这小孩突然哭了起来，手在空中扑腾，嘴里吐着唾沫。男人丢下手里的铁锹，走到小孩跟前踢了他几脚。小孩先是厉声尖叫，接着声音渐弱，低声胡言乱语起来，手抚摸着被踢的肋骨。男人继续回去挖植物，时不时地看向摆在旁边的一本彩色图书。玛丽安心中讶异他竟然会看书，大人们告诉她野蛮人是不识字的。暴打留下的红印子在小孩苍白泛绿的脸上发着光。玛丽安悄悄溜走了，她以为这是她的私人领域，却没想到会遇见一个会读书的男人，突然有点不知所措。

她很快就走上了一条大路，穿过山楂树林，冲下堤岸，来到一条宽阔稳当的公路上。蔓生的杂草将公路染成绿色，不过好歹是条路。她爬回灌木丛躲起来，因为她听见了马的喘息声，她一点也不害怕，只是好奇。她从隐蔽处看着这队旅人沿着路转了个弯，从她眼前走过。

他们有几辆没刷漆的破拖车，里面装着厨具、毯子、动物毛皮、武器和一些她不认识的家用器具。拖车里还坐着几个孩子和腿脚不灵便的以及上了年纪的人，女人大多在一旁步行，其中还有大肚子孕妇。女人多数都怀孕了，牵着马或赶着瘦骨嶙峋的牛。马的数量不少，远多于牛和羊。

女人们或穿着裤子或穿着绊脚的长裙，都由偷来的毯子、布料、皮料或毛皮做成。她们里面穿着衬衫，有的衬衫绣上了精巧的刺绣，外面则罩着做工粗糙的无袖外套，毛皮或皮革所制，或是士兵制服，然而在珠子、绳结和羽毛的装饰下，那黑色皮革已是另一副面貌。她们满身佩戴花哨俗丽的首饰，有的是从废墟里捡来的古董，有的由动物骨头和陶器制成，造型怪异。她们发间缠了丝带和羽毛，眼睛一圈勾勒了油彩，有的脸上还文了和那小孩一样的蛇形曲线。她们中大多数都光着脚，少数穿着偷来的靴子或是用稻草编织的凉鞋。

这些女人看上去既饱经风霜又光彩照人，她从没见过这样的女人，衣着艳丽，形容粗犷，前后被孩子簇拥着。野蛮人的家庭生活对她来说是个谜，她以为他们不会结婚，不会有家庭。闯入村里的粗暴访客似乎只存在于那个可怕的时刻，他们没有其他生活，只是从地里蹦出来的暴力的产物。但是此刻她看着这沉默路过的队列，看着这些从打劫中获益的妻子、家人，明白了打劫的目的所在。孩子们也都累得哭不动，身上脏兮兮的，长着疮，有营养不良的症状。多么惨淡的景象！

男人们走在她们旁边，懒散地嘟囔着，挠着痒痒。他们身上也挂满了珠子、奇石，可能是符咒和护身符。虽然他们没有涂上迎战油彩，但身上的刺青比女人还多，长发用皮条绑在脑后。在这盛大的五朔节，他们却没穿毛皮也没戴护甲，大多数人都没穿上衣，骨头从刺青的皮肤中凸出。每个男人的皮带上都别了一把刀，还有不少扛着步枪。一个男人停下，走到玛丽安藏身的坝底部，往草里撒了泡尿。他的胳膊上有一处可怕的伤口，已经开始化脓，他挥了挥手赶走在伤口上盘旋的苍蝇。跟在队伍里的还有饿得皮包骨头的狗，有几条长了兽疥癣，伤口如喷薄的火焰。它们蔫蔫地伸着舌头，尾巴耷拉在两腿间，也都已走了好长一段路。

在最后一辆拖车里，笔直地坐着一位干净齐整、庄严肃穆的老妇人，她在这群邋遢的人里如同雨后的星辰。她干净整洁，穿着女工样式的绿裙子、丝袜和鞋子，头发梳成高高的发髻，显然是部落里的重要人物。一个年轻人走在她旁边，跟她说着话，玛丽安看不见他的脸，他戴的软呢宽边帽盖过了他的前额，队伍里有不少野蛮人都戴这种帽子。这长长的队列大约有六十人，几乎不说话，对孩子也不说，大家在这精疲力竭的静默中行进着。

玛丽安有一张干净的床，每晚都睡得很香。她看着这些流离失所、挣扎在生死线上的可怜人，不禁庆幸自己作为教授女儿得以享有平静的生活，她从前可没这么想过。那些狰狞的陌生人终于露出了本来面目——一张张病态、悲伤、劳累的脸。只需两三个士兵就可以把他们当场打死，她想他们中没有人会有心情举起武器自卫，他们全部会应声倒下，以这样苦涩的方式接纳休憩的机会。她原谅了他们的劫掠行为，因为他们几乎一无所有。这时，骑驴的男人赶了上来，那小孩被锁链拉着，在他旁边跟着跑。男人和驴身上挂了几篮子植物，小孩的臂膀里也抱着一些绿色的东西。

那人警惕地环顾四周，像是在怀疑灌木丛里有密探。她退进叶子里的时候，他正好经过。他踢了驴一脚，驴不情愿地小跑着追赶前方的队伍。那小孩好不容易才跟得上，又是哭又是闹。玛丽安不知道他们往哪儿去，她希望不是她家。这里离家有好远。

她终于到家时，天色已晚，大门锁上了，她不得不和守卫解释她为什么跑出去。这时她听说了一件大事，立刻将野蛮人抛诸脑后。老奶妈突然发了疯，不省人事，用斧头把她父亲杀了，然后吃下了黄铜清洁剂自尽。玛丽安的上校舅舅把她带回去，让她同他住在营房里。她保管着父亲的书，却发现自己不忍心读，就把书都烧了。她把他的钟丢进沼泽，钟消失在软绵绵的表面下，依稀还能听到微弱的嘀嗒声。她找来剪刀，把一头漂亮的长发铰了，她现在看上去像一个发疯的小男孩。她不知道自己为什么把头发剪了，但就是忍不住。她现在丑得很。她仔细端详着镜子中丑陋的自己，内心洋溢着狂喜。当她想拿剪刀对自己再来一下别的什么时，她却找不到剪刀了，连刀也找不到了。

“这个地方像坟墓。”她对舅舅说。

“但还不够秩序井然，”他说，“那老女人精神失常，该给她治疗的。”

军队里的人都这么说话。

“我们还活着的时候她很爱我们，”玛丽安脱口而出，她被自己的话吓到，立刻改口道，“我的意思是，我小时候。”

“她有严重的心理问题，”舅舅说着猛拍了一下桌子，“该带她检测和治疗的。”

他用锐利狡黠的目光看了她一眼，仿佛在怀疑她。他决定要让她从情绪中走出来。

“去学开车吧，”他说，“这样你就可以跟随护卫去别的村子见见世面了。”

他下定决心要让她回归有序的生活，她只好去学开车。虽然简单，可她却学得很艰难，勉强才坚持下来。学车期间工人们一直在晒干草。仲夏时分，夜晚的空气温和甜美。在夏至来临前，野蛮人又发起了一次袭击。那天傍晚，家家户户刚刚点灯，村民们正坐下准备吃饭，野蛮人突然来了。警铃响起，舅舅从桌边跳起去拿枪带。

“锁上门。”

然而，玛丽安在门关上之前就跑了出去，她穿过居民区，一直跑到一栋废弃的宿舍旁。她眼前是十年前的情景，是十年前那群涂了油彩的野蛮人。她在森林里遇见的那群赶路的野蛮人，如今盛装打扮，壮观骇人。这一切被渐沉的暮色笼罩着，她只能看到在战斗中，那些强盗秩序井然、有条不紊地掳掠着各种物资。在无边的黑暗中，她能看清的东西很少。接着弧光灯亮起，刺眼的白光洒向战场，可灯光只是让混乱显了形，机关枪依然派不上用场。脱缰的马在街上蹿腾，仿佛海上碎浪。她看见一个穿着深色衣服的男人从教授塔中突然跑出，故意钻到马蹄下面，转眼间死于马蹄之下。

一个裹着毛皮的模糊身影从混乱中脱离，他的项链在升起的月亮照耀下熠熠发光。他沿着军营旁的小巷跑过去，她猜他丢了武器，正在逃跑。一个士兵尾随着他，从后面跳到他身上，两个人跌落在地，扭打在一起。她又一次成了观众，她像上次那样看着他们，以为自己将再次见证死亡。士兵练过柔道和跆拳道，对着野蛮人的脖子劈了一道，野蛮人随即倒在地上一动不动，士兵丢下野蛮人又跑回了主战场。但是几分钟后，野蛮人又缓慢站起，抖了抖身子。

军营边的小道黑黢黢的，空无一人。那一击让他一时缓不过劲来，他颤颤巍巍地爬起来，跪在地上，又倒下去躺了一会儿。接着他开始匍匐，小道尽头的棚子里停着装甲卡车，还有上了绾的马。野蛮人跪起来，抱紧身上的毛皮，一只手扶墙站起，一瘸一拐地跑了起来，最后消失在棚子里。棚子并未上锁。

“我们这次抓住了五个坏东西。”舅舅满意地说。他清洗完身上的血迹，继续三小时前开始的晚饭。

“我们这边只伤了两个，不过心理学教授那蠢货被踢死了，正好，反正他也精神失常了。我现在清楚野蛮人的招数了，我徒手就干掉两个。玛丽安，这就是杀了你哥哥的那群人，我从他们脸上的油彩看出来了。天亮后我会派侦察兵去找他们的营地，摧毁他们，消灭他们。”

他伸手拿面包时，不小心碰到了玛丽安的手，玛丽安吓了一大跳。她想到那些发间插着羽毛、蓬头垢面的妇女和她们的孩子会在营地里等待男人们归来，但有几个永远回不去了，她不禁心生叛念，恨起自己人来。五具伤痕累累的赤裸尸体，经过清洗，正等待着被投入无名坑。第六个人，躲在车库里，忍受着煎熬。她对那个人很是好奇，玛丽安与自己人没什么感情，想和敌人成为朋友。她也想近距离看看那个陌生人的脸。此外，或许她对他也有几分同情。

舅舅睡下后，她从厨房拿了一块面包和一些奶酪，悄悄潜入夜色。棚子的门已锁牢，大概有人匆匆搜过棚子。但她猜想那野蛮人肯定仍在里面，还没有人发现他，不然舅舅肯定会说的。她知道钥匙在哪儿。一匹马在难闻的隔间里走动。干草窸窣作响。一束月光落在卡车上了漆的表面，如手指般细长。她仔细听着，并没有听到人的呼吸声。她对着黑暗说：

“我给你带了点吃的。”

没有任何动静。

“没事的，”她说，“我不会告诉任何人。”

她走进棚子。如她所料，野蛮人用手捂住她的嘴，将她的双臂按到身后。她感觉他手上大把的戒指正揉进她的肉里，她用尽全力咬他的手指，他却捂得更紧了。他把嘴贴近她的耳朵。

“带我离开这儿，我不会伤害你的。你要敢叫，我就掐死你。”

他的右手松开她的嘴，向下圈住她的脖子。她咳了几声，啐了一口。

“没必要掐死我，”她生气地低语，“你受伤了吗？”

“我刚刚晕倒了。”他很是惊诧，像是被这问题冒犯到了。他吐字含糊，声音粗犷，听起来该是习惯了在空旷的地方喊话，但是她能听懂。她将食物递给他，他接过吃了起来。黑暗中，她一点也看不见他。

“你会强奸我，然后把猫缝在我肚子里吗？”她想起奶奶的话，于是问道。

“哪里会有猫。”他的语气冷静严肃。之后他又陷入了沉默，于是她说出此刻脑中所想，仿佛这能解释为什么她会出现在这里。

“我父亲死了。”

“我父亲也是。你父亲什么时候死的？”

“上个月。”

“我父亲是十年前这个时候死的。他是被杀的。”

“我父亲也是。”

“到处都一样，谁的牙齿和爪子上都沾了血。你想和我一起走吗?”

“好。”她毫不犹豫地说。如果她仔细想想，她决不会这么说。

“你会开这种东西吗?”

“啊，会。”

“那就开着卡车从大门闯出去，一定很刺激。”

“或许吧。”她说。她之所以答应，是因为如今她待在村子里只是出于习惯。她也没有什么想带走的，那些她曾经写上名字的东西，现在似乎一件都不属于她。她本是来救他的，却没想到自己会接受他的救援。他的一个动作暴露了他的所在，她感觉到他涂了些油腻的东西在她脸上，是他身上的迎战油彩。

“我在你身上留下了记号，”他说，“现在你是我的人质了。”

“才不是!”她叫道，“我……”

“把门开大点，快点。”

月光下的他如死亡天使，那光环令她惊异，她和他说话时未曾去想他的长相。她从卡车的车厢里爬出，冲向棚子的最深处躲避他，他却轻易地把她捉回。他将她整个抱起，抱到卡车旁，放进驾驶室里。她又踢又抓，但即使这一刻她也没叫出声来唤醒村子里的人。

“改不了主意啦，小家伙，”他说，“你已经做了选择。”

他大笑，看起来很兴奋，似乎顺从反而会让他觉得太轻易、太无聊。危险也许是他体内的元素之一。他把她的手放在方向盘上。

“开。”他指挥。

月光淹没了棚子，漂白了他脸上奇异的色彩，只有眼圈一周的黑色依然是本色，连血迹在月光下也成了黑色。村子在沉睡，戴着玻璃面罩的哨兵把守着大门，那玻璃面罩看起来甚至比满脸油彩更古怪，也没有半点神秘。这里的每一个人她都不喜欢，然而走出这片土地就是未知和荒芜，她犹豫了。野蛮人再次抓住她的喉咙，她将他推开，发动了卡车。

他欢呼大笑。

他们开出一百码[1]才在发动机的声音外听见警铃声。冲过木门时，看守射出几颗子弹，弹在驾驶室门上。他们将骚乱抛在身后，在士兵专用的马路上飞驰而去。

“把他们甩掉，”他一边探出车窗查看一边命令道，“他们骑着摩托追上来了。”

她转向开进一片松软的嫩谷地，他缩回身子，坐回驾驶室里。他脸上的伤口又裂开了，他用手腕擦掉脸上的血。

“虽是不得已，但毁掉这些好粮食让我心疼。”她说。

他看了看玉米地然后看着她。

“看得出来你是个知识分子。”他咕哝道。

1　1码 = 3英尺 = 91.44厘米。

“没想到你还知道这个词！”她惊呼，车开过一丛树篱。

“我可读过老多书呢，”他说，“我的名字叫珠儿[1]。”

“没想到呢。”

“我是野蛮人中最聪明的，”他告诉她，“但绝不是最温柔的。”

“你会对我温柔吗？”

“不大可能。”

他们开到农场尽头，冲过铁丝网，钟琴一般的警铃响起。

“我知道废墟中有条路，”她说，“不过据说那儿全是鬼。”

她以为他肯定很迷信，却没想到他说：

“开过去。”

他们疾驰在这条结实的路上，卡车车灯照出两旁黑暗中的几具骷髅。他看向窗外。

“再快点。”

“快不了了，还有人跟着吗？”

他打开门，扶着门探出身去，一道道月光打在他身上，她已经习惯了他这身不寻常的装束。

“看不到，但还是快点，再快点。”

“快不了了。”

他怒吼一声打了她，她也很生气，但是发现确实还可以更快，便踩下油门继续向前开去。两旁的废墟忽高忽低，如果有

1 英文名 Jewel，常用作女名，宝石之意。

尾随者，他们也发现不了。天上的月亮忽前忽后，视野中的一切都在晃动、倾斜，每一秒都有可能撞车。树林出现了，可以看到马路右方有一棵缠着常春藤的粗橡树。

“继续开，开进去。”

她往树林里开，心里清楚几秒后他们就会见阎王，就在这时，他打开车门，抓住她的双肩拉她跳了出来。卡车没了司机，冲冲撞撞地往前开去，撞上了树干，爆发出一声轰天巨响，燃起熊熊火焰。而他们落在了一片沼泽里，安然无恙。

他放开她，转头凝视着火焰。他先是露出一抹喜悦的神色，继而又恢复冷漠。炽热的火海烧灼着他们的脸。那棵缠着常春藤的树也着了火，一阵阵苦涩的烟随风袭来，酸得她眼泪汪汪。

“他们会发现你的，”她说，“这火焰就像信号弹，会暴露你的位置。你到底为什么这么做？”

他好奇地看着她，颧骨上的红色油彩在火光下又鲜红起来。他欲言又止，耸了耸肩。

他将她拽出泥地，领她在树林里走了好长一段路，之后他们躲在蕨丛的细叶后窥视着大路。不久一群士兵骑着摩托呼啸而来，珠儿死死捂住她的嘴。她本来也不准备出声的，戴着玻璃面罩、穿着光亮皮衣的士兵，在月光的照耀下闪烁着诡异的光芒，好似精巧的机器人，即使她喊叫他们也不会听见吧。士兵在燃烧的卡车残骸里搜寻着尸骸的痕迹，又拿着手电筒认真勘察路面情况，但都一无所获。他们商量了一会儿，重新骑上摩托，像来时那样排成一列回去了。他们肯定下了结论，认为大火已将车子连同人一起吞没。这是玛丽安最后一次见到他们。

她不知道他们对于此事是怎么想的，也不知道他们是否会认为这次事件是受白天的暴力场面刺激所致的精神错乱。第二天早晨，当人们发现她的床空空如也时，舅舅肯定会自言自语地说她怎么不能接受父亲的死，怎么不遵守秩序，他宁愿没教她开车云云。这时她惊觉，这是珠儿为她策划的一场官方自杀。他放开她，她的下巴已乌青。他笑了，她看见他的牙在月光下莹莹发亮。

“我说过我很聪明的。”他说。接着他露出疲惫不堪的神色，躺在她旁边的草地上，很快就睡着了。

气温渐渐冷得刺骨，不久月儿就西下了，没有一点声响打破这笼罩大地的黑色寂静。她扯下珠儿的毛皮裹在身上，那是一块红狐狸皮，他里面穿了一件绒面朝里的鞣制兽皮。这件外套有股臭味儿，毛皮没处理好。他睡梦中喃喃自语，不断靠近她，最后把头枕在了她的大腿上。她摸了摸他的珠串，想着要不要勒死他。他温暖又沉重，似乎完全信任她，于是她松开他的项链。自从父亲死后，再也没有人信任她了。他们把刀、剪刀都藏起来，轻声细语地和她说话。过了一会儿，她想着父亲哭了起来，一直哭一直哭，直到天色渐亮。

二

珠儿和玛丽安躺在蜷曲的蕨丛间，无意识地相拥在一起。起初森林只有轮廓，没有色彩，如一片幽灵般的灰色织成的空洞形体；渐渐阳光从枝叶间洒进，树木有了血肉；天色大亮后，满眼绿意盎然，花团锦簇。手边，不知名的植物伸出多汁的穗条；头顶，生发的枝叶间结了饱满的栗子。视野的每一处都被山楂树如凝乳的白花包围，蔷薇在灌木繁茂的枝叶间时隐时现，来回穿梭。这些蔷薇平整如碟，散发出苹果般的幽香。这片新天地的气息，伴着那袅袅幽微的花香，对玛丽安而言，如深海般神秘，如身边的酣睡者一样莫测，他的躯体正安然地靠在她的腿上。一只鸟醒来，扑扇起翅膀，在竹林里惊起一片窸窣。她听说这里有红眼的饿狼和利牙的野熊，于是沉着地等待它们现身把她和同伴吞吃了。然而什么也没有发生，林中除了植物和他们俩的动静，再无别的响动。

这时候，村里的人该起来生火了，烟囱该冒烟了。睡眼惺忪的女人烧着粥，牛儿哞哞地等着挤奶。孩子们一路跑着喂鸡，大公鸡吊起嗓子，宣告新一天的到来，虽然这一天注定如其他日子一样平凡，虽然某位教授的女儿昨晚发了疯，活活烧死了自己。新的一天，珠儿睁开眼睛，望着玛丽安，那注视突如其来，近在咫尺，令她一阵眩晕。他棕色的眼睛没有丝毫生气，仿佛是画上去的，挨了一刀的左眼肿了起来。这时，几只鸟唱起歌来，珠儿突然一阵猛咳，身体剧烈颤抖，接着他竟然十分有礼貌地转过身去啐了一口。或许是他的肺受伤了。咳嗽停止后，他说：

“你一整晚都醒着？”

她点点头。

“你可真蠢，”他说，然后凑近了看她，“哭了？”

她再次点头。他耸了耸肩。一串白色露珠积在他毛茸茸的衣服上，将晨光化为触手可及的美丽虹光。他的脸如搅乱的调色盘，被厚重的油彩和凝结的血污覆盖着，让她看不清五官。

“我本可以趁你睡着杀了你的。”她说。

“可你忍住了。”他说，接着缩起身子又是一阵猛咳，晨起的鸟被吓得四散而去。咳声止住后，他艰难地恢复泰然自若的样子，每一次猛咳似乎都要夺走他身上的一点生气。但她仍看不清他的脸，不仅看不清他的脸，她也看不懂他这个人——眼前这个未受教化之人，正站起身来，拉伸筋骨，他眯眼看看天，再看看地面上的卡车和树的残骸——到达目的地后他会怎么处置自己呢，玛丽安心中茫然。他默默微笑，他就是玛丽安一直期望见到的陌生人，如今也是她唯一的伙伴。他每根手指上都戴着戒指，有的手指甚至戴了两枚。

“一开始还以为你是个男孩儿，”他主动聊了起来，“谁把你的头发铰了？”

“没谁，我自己。”

“还以为你是犯了错。”他又伸了个懒腰，一边向她伸出手，一边小心翼翼地靠近她。她继续一动不动地坐着。

“如果我不想跟你走呢？”

“嗬……”他说，“我不信。”

“为什么？”

“你回不去了，不是吗？你不可能傻乎乎地编个故事跑回去，没有人会相信你。他们会编个罪名惩罚你，因为他们不知道你为什么要逃跑，大家都会怀疑你。你也不可能留在这儿，因为这儿没吃没喝，看到那乞丐的尸骨了吧，更不用说这儿还有野兽出没。”

他的自信溢于言表，让她很不是滋味，尤其是她心里清楚他说的没错。她不能也不会回去，她也不可能留在这儿。她不愿搭他的手，便自己站起来，再拿上狐狸皮。

“记住，我跟你走是我自愿的。”

“噢，当然了。”

他们随即转身上路。他领她沿着树林的边缘走，到达一条小溪边。天已大亮，碧蓝的水面上漂着灿烂的金凤花。他跪下，喝了一口水，将脸埋入水中，洗去凝结的红、黑、白色油彩。她在他身旁跪下，清洗眼睛，将额头上的标记擦除，也喝了一口水。她很是惊讶，她终于看清他的真面目，那瘦骨嶙峋、被烈日灼伤的深色面庞上，露出谨慎、内敛的神情。他的胡子刮得很干净，耳朵上打了耳洞，挂着锤制的锡耳环。他开始解开他挂满装饰的辫子。

“你干吗把头发弄成这奇怪的样子?”她问。

“为了吓人。”他得意地一笑。她庆幸他没像一般野蛮人那样把牙齿锉尖。一团小蠓虫在溪流表面跳起了舞。

“你画脸也是为了吓人?”

“当然。”

“教授们认为你们已经退化成了野兽，”她装腔作势地说，“你的表现有力地证明了社会交往的崩溃和社会体系的消亡。”

“你说是就是吧。”他对她说的一点都不感兴趣。他正专心致志地看着她。如果他的样子对她而言是怪异的，那么她的样子对他而言也同样怪异，她看起来如此瘦小白皙、整洁自信。他从没见过她这一类人，所以好奇地审视着她，试图理解那沾了泥渍的布裙子和白衬衫。他们互相打量着对方，像是在研究稀奇的标本，但他先厌倦了。野蛮人之中流传着这么一个说法，如果拿刀割女教授，女教授是不会流血的。他虽不信这些故事，却也若有所思地摸了摸剩下的最后一把刀。

很快天热了，狐狸皮穿不住了，她将它脱了担在手上。他继续在前面走着。虽然他身上穿的布是从教授那儿偷的，但颜色从清冷的灰色染成了便于伪装的藓棕绿，因为野蛮人需要捕猎，需要在森林中隐身。他很少回头，她便只能自己尽力跨过一丛丛花草灌木。她想，他为什么叫珠儿呢，是某个名字的变形吗，比如《圣经》里那个约珥[1]。战后，许多野蛮人以及一些教授都信起了启示宗教。抑或是因为他长得俊俏，即便这样也还是有些奇怪。

黑莓刺丛上开出粉花朵朵，金雀花挂满了梢头。峨参高达五六英尺，他时不时拿出刀来开路。有些蕨类的茎干比她的腰都要粗。她被欧石楠缠住，呼唤他，他却没听见，森林已被某种浓密的气体淹没，她的声音呼出便凝结了。骇人的寂静中，阳光从叶间穿过，呈现出美妙的绿色。她扯开裙子，终于走了出来。珠儿在一棵形态如烛台的大峨参下等着她，露出牙齿微笑着。

“怪不得教授要住在避难所呢，你们在森林里连路都不会走。要不是我，你可得在树林里打转转了。”

“我不熟悉野外。”她怒气冲冲地说。她圆润的元音，却将他逗乐了。她猜想他这是把她当作战利品带回家，虽然没什么用，但比布匹有趣多了。阳光下，树林的铬绿色闪得她头疼，不一会儿，她的眼睛就犯花了。他看起来比最高的树还高，仿佛一伸手，便可把天空拉下来，接着却又缩小到针眼那么小，掉到草里就会找不见。

1　约珥，以色列先知，《旧约》中《约珥书》的作者。

“你该睡会儿觉的，”他出现在她的旁边，朝她翻了一下眼睛，声音里带着些许愠怒，“你现在风一吹就能倒。”

“我会撑下去的。”她说。她不愿意接受别人的帮助。

一只松鼠在叶间吱吱叫着，那声音如父亲的钟，只是这只活生生的钟报不了时。她的脸朝松鼠的方向转去，她的同伴见她面色苍白如鬼魂，忍不住摸了摸她的脸，想看看她还是不是活人。

“别摸我。”她闪开。

“真没意思。”他连忙说，他的动作泄露了他的心思。他以为自己不信鬼神的。

将近中午，他让她坐在几块坍塌的砖石上休息，这里曾经是座小屋。几枝早已回归了自然的栽种花，从花园里爬上长满深色常春藤的砖石。村子之外，自然秩序黑白颠倒。一枝足有两英尺高的太阳花上，蜜蜂嗡嗡地飞着。粗大多汁的大黄茎干耸立成林，被虫子咬得斑斑驳驳的厚叶覆盖其上。

“你懂草药吗？”

“只学过一点历史和社会学理论。”

“那就帮不了我弟弟了。他病了。”

“他得的什么病？”

“坏疽。”

她想起五朔节那天那个肩膀化脓的野蛮人，坏疽会像藤蔓一样爬满他的全身。

“不过也许在我们回去之前他就死了，那是我二弟，他是我同父异母的弟弟。我所有的兄弟都与我同父异母，因为我父亲的老婆们总是在生孩子的时候死掉。你有兄弟吗？”

“我从前有个哥哥，被野蛮人杀了。”

“以眼还眼，以牙还牙。”珠儿嚼着一把草，富有哲理地说。

他说起话来像个受过点教育的人，这令她惊异，她从前以为野蛮人都是文盲。他的动作和话语间，还透着一种奇特又唐突的优雅，她父亲曾称之为讽刺，虽然在教授中少见，但她依旧辨别了出来。他一边说话，一边侧过脸去用眼角瞄她，好像在观测她对他的话有什么反应，或是不敢直视她，却又怕她跑了。不过他似乎被自己的怀疑逗乐了，她可只是个小女孩。

“野蛮人一般生什么病？”

“野蛮人……”他亲昵地念着这个词，将每个音节发得同样重，以至于这个词听起来陌生、抽象了，“喝了不干净的水会发烧，老了会得癌症，不老也会得，割到自己会得破伤风，还有败血症，你听说过吗？人衰竭而亡，不过几周的时间。”

“野蛮人会发疯吗？”

他向她投去极度好奇的目光。

“我们没那个闲工夫，人得有空才会发疯。不过多纳利疯了，虽然没什么其他人可以参考，但我想他是个疯子。”

“谁是多纳利？”

“我的老师，”他说，“多纳利博士。他不是教我识字读书的那种老师。”

“真奇妙，你竟然会有老师。”

“他自己找上门的，我并不想认他。我那穷得叮当响的老父亲生病时，他用盒子装了一条蛇来。他骑着驴来的，还带着个孩子，那孩子裹在毯子里，不停地流口水。他有几箱子书，数不清的针，用来文身，还有油彩，他有一大堆油彩。”

“他是不是个头很大，胡子一半红一半紫？”

“你见过他？在哪儿？”他突然问。

“森林里，我一个人，正好碰见你的部落经过，不过我好像没看到你。如果见过我会记得的。当然也有可能不记得。”

“我以为我们的行踪很隐蔽呢。”

“那天就我一个人，没人知道我去了那儿，我也没告诉任何人。就在我看到你们的那天，我父亲去世了。我很同情你们，你们看上去那么累。如果我没看见你们卸下武装的样子，我就会告诉舅舅我看见你藏在马棚里，舅舅会开枪杀了你。”

她停下来观察他的反应，发现他一点都不感兴趣。差不多晌午了，太阳正当头，脚下看不见影子。

“快，继续赶路。”

她没注意脚下，踩到了一条趴在石头上晒太阳的蝰蛇。蝰蛇朝她的小腿咬了一口，迅速溜进蕨丛里，如一记斑驳的闪电。她感到伤口正火辣辣地疼。

“哈。”珠儿心满意足地说，仿佛早就料到了。

他让她躺在草地上，拿起尖刀割开她的伤口，用嘴吮吸出毒液，吐掉，再继续吮吸。她的手抓紧又松开，他湿润的嘴唇让她一阵又一阵地兴奋，伤口一阵又一阵地痛。这是最原始的紧急处理蛇咬的方法，她很怀疑是否会有效。他撕下衬衫的袖子，紧紧扎住她的腿。

"你疼的时候为什么不哭？"他问。

"我只有伤心的时候才哭。"她说。她从没经历过这么撕心裂肺的疼痛。

"躺一会儿我们就得走，不然我就把你丢这儿了。"虽然他不迷信，但是看到刀子上的血迹，他还是露出惊喜的神情，或许是他心里的一块石头落了地。

"不，你不会丢下我的，你就算背我走也不会丢下我。"

"你的声音都变了。幸好那只是蝰蛇。一条极北蝰[1]，"他懒洋洋地说，疼痛让她头昏脑涨，她不敢相信竟听见他说出了那条蛇的学名，"那是种毒蛇，但还有更毒的，从前可不是这样。现在猫也变了，猫最可怕了。"

"我以为野蛮人养猫呢。"

"谁跟你说我们会把猫缝进女人肚子里？"

"我奶奶，她是个傻老太婆。"

"猫和异民是最可怕的，比狼都可怕。你要是扰了猫的窝，

1　极北蝰，原文为拉丁语学名 *Viperas berus*。

它们会从树枝上跳到你肩膀上抓你，抓你的眼睛。我弟弟的胳膊就被抓伤了，然后化了脓。有些猫，会互相舔唾沫。但在以前，它们都躺在炉边打呼噜，我说得对吧？听说从前的猫就是这样。”

“在战前猫的确是这样，”她说，“但现在只有教授的猫知道守规矩。我奶奶有一只听话的猫，全身漆黑，只知道逮老鼠，最多捉捉小鸟。”

“如果她像你说的，是个蠢老太婆，那也许猫只是在等待机会。”

“那是一只家猫。”

“但异民就是真可怕了，会射毒箭，有麻风病，满身疹子，一点不讲道理。你的腿怎么样了？”

“像火烧似的。”

“你怕死吗？”

“什么意思？你是说平时吗？”

“不，”他说，“就现在。”

“你要不说我还不怕，你一说反而惹得我心里一慌。”

“不错，看来我把毒液弄出来了，”他高兴地说，“那不是好症状，我说怕死，要是怕那就真会死。你看看，你的脸白了。”

“这是好是坏？”

“好，要是真的毒性发作你的脸就会涨得跟落日一样红，身上还要起水疱。”

余下的旅途，她都是在幻觉中度过，不仅眼睛欺骗她，连耳朵和平衡感都不对劲。有时他会扶着她，有时他让她自己去找路。他们来到一片开满毛茛的空旷地界，他留她一人在那儿，风如散乱的发丝烦扰着她的脸庞。拂动的草地在阳光下闪烁，一刻也不停歇。珠儿如同一个实在的影子，穿过艳丽的毛茛丛。一只乌鸦飞进阳光，瞬间化为白色。她疼得很。迷糊中她感觉到他在背她，也许只是在做梦。他拿来一些或棕或白的忍冬给她闻，分散她的注意力。树下，他们走过光影交织的迷宫。

“再继续说极北蝰，”他说，又或是没说，“博士是个很现实的人，他相信宗教对于社会必不可少。我根本不信宗教，所以我总跟他争这个，可我最后总是让他赢，因为他有一柜子毒药，我还得防着他的毒药不是？所以，出于他说的社会需求，他把极北蝰关在一个盒子里，时不时地要求他们去敬拜。”

“是生殖崇拜吗？”她问，又或是没问。

“他自己也没想清楚，”珠儿答道，他将她抱在怀里，“有时他说那是生殖崇拜，有时又说不是，看他心情。”

当她缓过神，发现自己正一瘸一拐地走在他身旁，死死地拉住他的胳膊。太阳已到了天空的另一边，阳光倾泻而下。她的目光定格在头顶的树叶和周围相似的绿色物体上，它们像一张硕大的网将天空罩住，地面如同被铁丝网包围的大围场。

“如果要崇拜什么的话，崇拜蛇也挺好。它们会蜕皮，总是容光焕发，咬住尾巴还可以围成一个完美的圆。有空气和土壤就能活。嘴里还有毒液，可以保护自己。我觉得蛇挺好。”

“我不同意。”

“一朝被蛇咬，十年怕井绳。”他说。

奶奶也说过这话，在她拉了猫的尾巴被猫抓之后。因为是一只家猫，所以伤口没化脓。她摸了摸珠儿的耳环，耳环发出叮叮当当的清响，如同一串小铃铛。他们好像是经过了异民生过火的焦土，也好像路过了一具骷髅，后来她看见一个穿着暗褐色衣服的女人在采蘑菇。珠儿示意玛丽安不要出声，他从后面悄悄靠近那个女人。女人的尖叫声响彻整片参差不齐的树林，她以为他要掐死那女人，但他笑了起来。女人丢掉蘑菇，倒在珠儿面前呻吟着。

“你啊，你没想到他们没杀我是吧？”他生气地骂道，“你以为我死了是吧？”

他撑开女人紧闭的眼睛，突然将手塞进她的嘴巴。

“舔舔，我是人。”

女人贪婪地吮吸起他的手指，笑了。

“博士一直在为你的灵魂祈祷，”她说，“你没回来，他就说你和其他人一样死了。”

玛丽安发现这女人说话远不及珠儿流利，也难懂得多，每个词总要吞掉半个音。珠儿抓着女人的胳膊，拉她起来，把她带到玛丽安面前。这女人脖子上挂着一条皮编绳，绳上穿着白骶头骨，赤裸的双脚上厚厚地结了一层粗糙的茧子。她穿着宽大的裤子、绣着羽毛图案的衬衫和软毛马甲，看起来黑黢黢、脏兮兮的。她一看见玛丽安，就惊恐地睁大双眼。

“这是我父亲姐妹的女儿的女儿。”珠儿说。这女人的眼睛睁得好大，玛丽安甚至可以看清她虹膜周围的眼白。女人不敢上前，要不是珠儿紧紧抓着她的手，她可能早就逃走了。女人历经跋涉也生过孩子，早已看不出实际的年龄。

“这姑娘叫玛丽安，是历史学教授的女儿，”珠儿说，“她知道形势，是她自己想跟我回来的。她被蛇咬了，还好她命大，坚持走了过来。”

他的表情和声音深不可测，女人看了看他又看了看玛丽安，两人都让她害怕。玛丽安正痛不欲生，无力挤出微笑。女人又跪了下去，浑身发抖，做出玛丽安六岁时见过的那个手势，她意识到女人正在抵挡恶魔之眼。玛丽安想告诉她别做傻事了，可她突然感到一阵头晕目眩。

“握住我的手，”她对珠儿说，“我要晕倒了。”

他照做。

“请站起来，”她对女人说，“你让我很难堪。”

“这个词我们林子里的人听不懂，”珠儿说，“安妮，你听到了吧，起来。”

他打了个哈欠，似乎觉得无聊了。女人站起来，但不愿走在他们旁边。她跟在他们身后，隔开几步的距离，慢慢地走，嘴里咕哝着咒语。树木渐渐稀疏，森林突然到了尽头。玛丽安闻到一股混合了粪便和马臊的恶臭，他们到了。

她面前是苍翠的草场，一条镶嵌着浓密芦苇的大河横穿而过。河的另一边矗立着一座玛丽安说不出样式的房子，虽然她看过很多建筑的照片和模型，能辨别出一般房子的各个构造，说得上它们曾经的学名，但眼前这栋房子像一块历经沧海桑田的巨型岩石，披着疯长的藤蔓、苔藓和腐烂的真菌编织成的绿色外衣，展示出数种已被遗忘的建筑风格。詹姆士一世末期巴洛克风格的石雕，哥特样式的角楼上鸟儿窃窃私语，帕拉迪奥风格的带柱立面已被侵蚀得典雅无存，即将沦为无用的碎石，整座房子肆意地衰颓着。森林已栖身在摇摇欲坠的屋顶之上，黄色、紫色的野草在瓦片的残缝间生了根，甚至有几棵小树和灌木也生在了上面。窗户敞开，伸出一簇簇绿叶，仿佛森林也已安顿于内部，正积聚力量等待某天冲破高墙，喷薄而出，永远地归于自然。花哨的英式文艺复兴风格的露台上，几匹马正吃着草。露台的扶手上立着许多凹凸不平、斑斑驳驳的雕像，有的身穿袍子，有的赤身露体，有的头戴花环，仿佛刚从一场糟糕的法式游园会[1]上逃出——大灾难后，这种娱乐活动早已销声匿迹。

露台下是灿烂的蔷薇藤蔓，这里曾经是一座花园。蔷薇花

1　一种盛行于十八世纪法国宫廷的游园会。

在枝头高高绽放，多刺的枝干纠缠在一起，落下片片花瓣。视线范围内到处都是男人、女人、孩子和马，几个半裸的孩子坐在河堤上钓鱼，生疥疮的狗在掺着骨头的稀粪堆中进食。粪堆从房子的一侧蔓延出去，如同一块巨大的污渍。他们往山谷里走去。一个男孩在柴火堆旁驯马，他看见了河对岸的三人，便立刻大叫一声，小马跃起，将他摔在地上。

“那是我弟弟，”珠儿说，“最小的那个，也是最漂亮、最宝贝的那个。”

欣喜与放松让他的心堤溃决，她看见他哭了。男孩跳进水里，向他游来。孩子们放下鱼竿，几个孩子跑进屋去找大人，其余跳进水里径直游过来。人们放下手中的活儿，以最快的速度奔来，似乎整个部落都在向珠儿聚拢。不过还是小弟先到了，他拥抱长兄，亲吻他的嘴、脸颊和眼睛。

“贝儿，”珠儿说，“我的宝贝儿。”[1] 过了好一会儿，玛丽安才意识到，贝儿是那个男孩的名字。野蛮人习惯用手边闪闪发亮、讨他们喜欢的东西起名字。

她周围的人都做起树林里那女人做过的手势，一遍又一遍地重复。一开始，他们惊恐地看着珠儿，生怕他是复生的鬼魂，接着他们看见他留下的脚印，看见他弟弟被亲以后没有半点异样，才围上前来，所有人都想拥抱他，所有人都喜极而

1　原文“Precious ... My precious.”与托尔金《指环王》中的名句相同。

泣，他们丝毫不掩饰自己的情感，这份坦诚让她好不习惯。但是他们看到玛丽安后又退了回去。珠儿放开她的手，去抱和玛丽安年纪相仿的弟弟。她一动不动，任由他走到河边，带走整个部落，把她忘在一边。

男人、女人和孩子络绎不绝地从房子里跑来。一个光着身子的棕皮肤小孩，湿漉漉地从河里爬上来，跳进珠儿的怀里，珠儿抱住她，开怀大笑，满怀爱意地亲吻她。玛丽安想，这会是他的女儿吗？脚下的泥土潮湿松软，吞没了玛丽安的脚。

一群人回头看了她一眼，简单做了个防护的手势。太阳当头照，她却觉得冷。有个约莫四岁的小男孩突然冲过来，还没等她反应过来就将她的裙子扯下一块。他退回几码蹲下，一边惶恐地看着她，一边嚼着布条，仿佛期待着会有什么巫术显灵。不过大部分人都无视了她。众人蹚水回去，珠儿似乎沉浸在回家的欣喜之中全然忘了她的存在，她被孤零零地留在了原地。

他们在树林里见过的那个中年女人从房子里出来，身上裹着一件肥大洁白的围裙，袖子卷上去，露出结实壮硕的前臂。她以胖女人那种摇摆、笨拙的姿态从露台一路跑下台阶。玛丽安虽离她很远，却能看见那女人头顶的灰发盘成的发髻正在散开。人们让出一条路让她通过，她比其他人都更紧地抱住珠儿。接着她的目光转向河对岸，玛丽安看见这个干净的女人正用手指着她。珠儿赶紧跑回来。

“你把我忘了。”她埋怨他。

“我太高兴了，”他回答，“可不是每天都有机会死而复生的。你还能走吗?”

然而她发现一旦停下，就很难再迈开步子。他把她背过河，放在干净女人的面前。她叫格林夫人，是他的继母，细白的大脸盘上长着些雀斑。她亲了玛丽安一下，玛丽安闻见她身上有烘焙的香气。

“别怕，”她说，“他本性不是个坏孩子。他们虽然看起来吓人，但都不是坏孩子。”

那小女孩像爬树似的爬上珠儿的身子，坐在他的肩头拉扯他的头发。他拍了她一下。玛丽安此时感到天旋地转，一张张棕黄色的脸如同落叶在她眼前飞舞。野蛮人见格林夫人亲了玛丽安后没变成石头，立刻就有了胆子，好奇地围过来，玛丽安的胳膊、腿和脖子都被湿漉漉的手摸了个遍，还有人拉她腿上胡乱缠的粗布条。

“别碰她，”珠儿说，“她被蛇咬了，还好没死。”

他风轻云淡地说出这事，野蛮人听了却吓得大气都不敢出，连忙后退。他们逐渐散去，拾起之前手上的活计，有的鞣皮，有的磨刀，有的制陶。珠儿的继母、同父异母的弟弟和那个小女孩，也就是格林夫人的孙女，朝着房子走去。

“约瑟夫，”珠儿说，“约瑟夫怎么样了?”

“快死了，”贝儿说，“真的，我没开玩笑。”

“今晚就该差不多，我猜，”格林夫人说，“噢，可怜的孩子，疼得要死，多纳利不肯让他自己待着，也不肯让他解脱。”

“他才二十二岁啊，”珠儿说，“竟是我们中间最先走的。”

格林夫人亲昵地握住珠儿的手臂，低声说：

“珠儿啊，亲爱的，让他解脱吧。”

“我不会杀他的！”他说。

玛丽安绊了一跤叫出了声，可他们都没理她。

“你是想让我把他当成断腿的马，杀死他，让他解脱？用刀还是用枪，你觉得哪个更好？”

“这是兄长的责任，”格林夫人简短地回答，“你为何发脾气？我都想自己来，但这不是女人该干的事，而且多纳利不让我进屋。”

珠儿的情绪顷刻转变。他站在和煦的阳光里，脸颊上喜悦的泪水还未干涸，全身却已透出悲凉和绝望。

“我不会杀他的，”他说，“不会，永远不会。”

“让他解脱吧，亲爱的，”她说，就好像没听见他的话，“你懂我的意思。”

他们一小群人朝房子的方向走去。

“你无法想象那有多疼，”这老妇人说，“他喊着想死。这是你的责任，你要对他负责。”

珠儿捂住她的嘴不让她继续说。

“那么，照顾好这个姑娘。给她点吃的，让她休息，不然她也会生病的。我具体该怎么做？”

“我会跟你一起去看看他的情况，”格林夫人说，“约瑟夫还在襁褓中时，是我用自己的奶水喂养了他，就像喂你一样，难道不是吗？他不也算是我的亲生骨肉吗？来，珍，把这姑娘带到我房间，让她躺下。”

老妇人和两位少年头也不回继续向前走去，他们拾级而上爬上露台，消失在装饰繁复的大门里。那门满是虫咬的痕迹，门上挂着铰链。玛丽安身边就剩那孩子一人，她长叹一声，重重地跌坐在草地上。小女孩赤身露体，只戴了一串雏菊，身上长了癣。

“你是教授村的。”她一本正经地说，声音比同龄人要深沉。

“是的。”玛丽安回答。

“你杀了我父亲。”珍谴责道。

“没有，不是我，”玛丽安不知为何心头一紧，“他们是为了自卫。”

“他打扮好了离开，就再没回来。教授们杀了他，把他烤了，撒上盐吃了，”珍严肃地说，“我母亲说的。”

“看来所有人都这么说。”玛丽安说，但她没有安慰她。那孩子的脸扭成一团啐了一口，唾沫块儿粘在玛丽安的裙子上，像块怪异的宝石。珍扬长而去。玛丽安的后背破了一块，疼痛和孤独让她不堪忍受。她顺着已被侵蚀的石扶手，吃力地爬上屋子门前的台阶。她眼前时不时会一阵模糊，让她误以为屋里有头长毛野兽，可她看错了。她一进屋，扑面而来的是下水道一样的臭气。

野蛮人们没有想过为什么这座房子依然屹立不倒，他们只知道这里可以让他们安身，便搬了进来，现在满屋都是烟熏和恶心的屎尿。屋子里很暗，但是玛丽安能看清墙上陈旧的石雕，还有一段螺旋而上的大理石阶梯。烤肉和粪便的气味交融在一起。那串忍冬仍在她手中，她将它贴近鼻子回味屋外的气息。她看见有个女人从远处的阴影中现身，撩起厚重的裙子，蹲下撒尿。

“珠儿去哪儿了？”玛丽安问。

女人踉跄了一下，裆下的水洼逐渐扩大，她做出抵挡恶魔之眼的手势，哀号起来。

“哎，别傻了，”玛丽安生气地说，“我是实实在在的人，我在找珠儿。”

女人似乎被玛丽安的怒气震住，老老实实地说：“在楼上，多纳利的房间。”她警惕地看了看这位少女，接着往回跑去，穿过一扇门消失在火堆照不见的黑暗里。玛丽安蹒跚着上了楼，看见一扇敞开的门。

那是一间用暗色石砖砌成的、狭窄高耸的拱顶房，或许曾经是礼拜堂，因为这是房子里最古老的房间。拱窗用毛皮盖住，房间里唯一的光源是几支立在石头平面上的忽明忽暗的蜡烛。墙间的缝隙生出杂草。有人机智地用炖锅建了一个炉灶，装了烟囱，烟从毛皮下的窗洞飘到室外。炉灶上，沸腾的水声从锅里传来，为满屋的腐臭增添了一丝草药的芬芳。恶臭的威力突然达到顶峰，她以前从未闻过腐肉的气味。忍冬从她的手中掉落。她看见房中间有一张床垫，上面堆了厚厚几层毛毯，她猜这里面裹着的就是那个病入膏肓的人。

她在树林里见过的那小孩正坐在角落里，被链子拴在墙钉上，啃着一根骨头。地上铺着灯芯草席，到处散落着书、瓶子、碗碟、形状奇特的器皿和几捆晒干的植物。最小的那个弟弟突然将她推开，趴着楼梯扶手向下吐，呕吐物飞流直下，落在大厅的地板上。她看不清屋里的人在做些什么，只见几个人影在临时搭建的床边走动，格林夫人的围裙一闪而过。屋里乱得很，有的人言语中满是怒气，有的人发出凄厉的尖叫，有的人叽叽喳喳说个不停，这时玛丽安晕倒了。

格林夫人有一间自己的房间，因为她年长且地位尊贵。她也要求有一个自己的夜壶。格林夫人的房中有个木箱，上面摆着一架银质的相框，里面的相片已经有些褪色，相片上是一位经济学教授的妻子，格林夫人曾是她的仆人。木箱里放的是格林夫人的私人物品：几条裙子，几件围裙，发夹，以及一本虽然已读不懂却对她而言很珍贵的书——《远大前程》。她还保留着珠儿掉的第一颗牙和一绺他的胎毛，都包在纸里珍藏着。

四面墙上贴着毛茸茸的红色植绒墙纸，有一处剥落了，露出大片斑斓的潮腐灰泥，如同一块巨大的瘀痕。格林夫人用热水给玛丽安洗腿，换上干净的绷带，其间玛丽安一直盯着那块变幻莫测的瘀痕，一切似曾相识，却又难以辨认。

格林夫人把自己的床让给玛丽安，那是一张用干草堆成的床垫，上面铺了偷来的亚麻床单和几块毯子。玛丽安生病期间，她基本都陪在旁边，虽不怎么说话，但会唱奶妈唱过的那些摇篮曲给她听。玛丽安病了好久，时不时会精神错乱，把格林夫人当成自己的奶妈，童年的回忆让她心里踏实，可回想起最后的时光却又令她伤感。她精神错乱时，还会看见屋子里到处都是蛇和刀，有时房间又会变成森林，她一个人孤零零地在里面。可是有一晚与往常不同，她睡得很沉，没有做梦，醒来后发现，虽然屋里依然弥漫着神秘莫测的阴影和寂静，但这不过是一间四壁红墙、壁炉里生着火的普通房间。

那位陪伴她一路的旅伴正蹲伏在火炉边，她一下就认出了他。坐在他身旁原木上的是格林夫人结实的身躯，她正慢条斯理地帮他梳着那一头黑色长发。她将他的头枕在她膝盖的围裙上，在火光的映照下，他们的身躯呈现出强烈、肃穆的明暗对比。玛丽安撑起身子观察他们，她从未见过如此古朴浪漫的场景，这场景只在她父亲那些珍贵的书中、那些歌谣上方的木版画里出现过。

“那姑娘醒了，”格林夫人察觉到，“天哪，她真是个幸运的姑娘，被蛇咬了居然还能活下来。”

“她现在怎么样？”他声音里透着困倦。

玛丽安点了点头。她头脑清醒了，体力恢复了。她知道自己会好起来的，她一直这么认为。

“她是个坚强的小姑娘，”珠儿说，“我不得不承认。”

“她离家这么远，”格林夫人说，“谢谢你没对她下手，亲爱的，你保护了她。”

“你弟弟最后死了吗？”玛丽安问道，声音有些颤抖。

珠儿低下头看着手指，她意识到自己说错了话。

“哦，是的。他死了，我还没来得及行使怜悯的特权。我只给他挖了坟。瞧，我是部落里人人皆知的刽子手，我还是个他妈的挖坟的。”

“在年轻小姐面前不许无礼！”格林夫人大喊。

他看了她一眼，又是惊讶又是好笑，然而他刚笑出来就又是一阵撕心裂肺的猛咳。他跌坐在地上，一脸痛苦的样子，格林夫人帮不上忙只能安抚他，玛丽安看着他扭动、噎气、喘息，茫然地想：“他似乎活不了多久了。”

三

“你要记住，他们从来不思考，”格林夫人说，“他们像小孩子踩石头那样，从这件事一下子跳到下一件事，他们会一直跳一直跳，直到落到水里。”

“珠儿也从不思考吗？即使受过教育？”

“他有时会思考。”格林夫人说。她正在把一件绣花衬衫改小，好让玛丽安有衣服穿。这些针她一直放在悉心保管的小盒子里，由她十八岁时在某个混乱的夜晚带出。那晚，她目睹自家的房子被焚毁，丈夫的头被一枪打穿。她的丈夫是个老头，经常打她，而且在床事上几近变态，于是那晚她对一个正在装子弹的骑马人说：“带我走吧。”他将她拉上马，让她坐在后面，后来他们生了一窝孩子，直到某次夜袭，他再未归来。这就是格林夫人来到这个部落的经过。

“珠儿有时会思考，但是通常他会让博士替他思考。”

一阵湿冷的风从缺了玻璃的窗户刮进来。外面在下雨，这是一个湿冷的夏日。格林夫人手中的衬衫由上好的羊毛制成，原先是教授村里做给知识分子穿的，但如今上面绣满了红色、黄色的雏菊，缝上了许多小镜片，花哨得完全另一副模样。

“瞧，他们喜欢亮色，”格林夫人略带轻蔑地说，“亮色，珠子，亮闪闪的东西。告诉你，他们还喜欢孩子。”

教授们喜欢大地色系、黑色、白色和各种深浅的灰色，玛丽安只穿过柔和素雅的颜色。格林夫人依然穿着深色，似乎思想上仍不肯屈服于野蛮人。也许，她仍在希冀着逃离这里。她谈论部落的时候置身事外，虽然她是部落里的显要人物。

“如果这次珠儿死了，我就可以远走高飞了。他们就像小孩子，相信自己的第一直觉。我也不信博士，从来不信他。我几年前叫珠儿杀他，但是他不肯，要等他父亲死了才行，可他父亲死了以后他还是不肯。其他人又不敢。多纳利博士在把我们拉入地狱，真正的地狱，他不尊重过去的东西，只会用酷刑、搞破坏、玩弄巫术。”

玛丽安惊讶地瞪大眼睛。

“地狱，”格林夫人重复道，“人间地狱。”

“地狱”这个词让玛丽安意识到，格林夫人属于极端教派，这些教派在一些教授村依旧盛行，不过新奇的是在一些野蛮人部落也盛行。他们共享的一条教义是战争是主的愤怒。教授村保留了神学教授的职位，而野蛮人（据说）实行活人献祭。玛丽安回想起父亲的藏书里对地狱的描写，那是一个烈火熊熊、苦痛无尽的地方。迅疾的雨噼里啪啦地打入房间。

“你是准备回教授村吗？回到原来的地方？”

格林夫人停下活计，凝望着手中的针，仿佛在回忆用这针缝制的第一件衣服。

“你不懂做母亲的心思。”她就爱说这些陈词滥调。

“我是不懂。但你是这么打算的吗？”

“我太老了，回不去了，”格林夫人说，“我已经习惯了颠沛流离的生活。我也许会带着我孙女，我的珍，南下到海边。珍的母亲不好好照顾她，笨得很，还有她父亲，我那个已经不在的儿子。我本打算到海边去的，我有个女儿嫁给了那儿的渔夫。如果珠儿死了，我大概会去那儿吧，不过他没有。”

“你不相信他其他兄弟吗？他们不都是你的继子吗？”

“都没开化，”格林夫人说，“全都没开化。”

玛丽安裹着毛皮坐在那儿，听格林夫人娓娓道来一个为同伴挨饿的老妇人的故事，与此无关的每一句话都出卖了她对大继子的感情。玛丽安忍不住了，问：

“为什么他一个大男人会叫珠儿？”

“珠儿·李·布莱德利，她的母亲姓李。李氏一族信旧教，是氏族，内部分阶级，战前过着流浪的生活。珠儿就是李氏之子，虽然关于他的生母，他已经没有多少印象了。珠儿的母亲生得异常美丽，在他之前已育有二女，但都不幸夭折，因此这个男孩的降生让她感念天意，欣喜非常。她如获至宝，于是给他取名‘珠儿’，他就是她最珍贵的珠宝。可是她后来也死了，真可怜，她生了他之后流血不止，血全都从子宫流出来了。是我喂养了她的儿子，那时候我的一个孩子也刚刚去世。布莱德利家的人皮肤都很黑，他们的父亲，老布莱德利，黑得像炭，却不爱洗澡。不过都一样，洗不洗澡都黑得像炭。李家人却都身手矫健，举止优雅，他从母亲那儿遗传了这一点。他们还擅长驯马，李家人这点最出名，都是驯马好手。”

玛丽安发现野蛮人之中也有等级之分，这引起了她的兴趣。珠儿是风暴中诞生的孤儿，更是贵族阶级的一员，这就解释了为什么他那么高傲。他没有再来找继母为他梳头，实际上现在没人来看她，她似乎被软禁着。玛丽安腿上的伤口结了一层坚硬的痂，现在她可以像往常一样行走自如，但格林夫人仍不让她出房间，玛丽安渐渐记不清她在这里待了多久。

如果说教授村里的时间是冻结的，那么这里根本就没有时间的概念，野蛮人不会用小时度量他们的存在，他们也不分上午、下午和晚上。时间保留其或光亮或黑暗的原始形态，白天意味着世间万物的运转，夜晚则意味着虚空。玛丽安被独自关在屋里，门从外面用木桩抵住。她的身体已经康复，于是格林夫人便不再终日伺候她，而是去忙其他的活儿，只有吃饭时会露面，给玛丽安送来难吃又难消化的食物，晚上和她躺在一张垫子上睡觉。天气依旧很糟，她看着窗外的雨帘吹散又弥合。

傍晚时分，骑马人的魅影在浓密的森林间浮现。他们走出森林，蹚过河水，他们的马驮着野鹿、野猪和羊的尸身。骑马人的毛皮滴着水，覆盖着一层泥巴，他们看上去一点不像人，倒像是与森林融为一体。泥巴和疲倦附着在每个人身上，他们看上去都无比相似，浸湿的毛毡帽子宽大的帽檐遮住他们的脸。她没法在人群中认出珠儿。可怜的狗懒洋洋地跟在旁边，队列安静地行进着。

她觉得自己仿佛身处另一个星球。这里的空气中有种异样的物质，潮湿寒冷，混合着微妙的异味，让人窒息，如同坏掉的食物，难以下咽。就连格林夫人点燃的炉火也是异样的火，火苗升温后威光冲天，发出的热量不足以让人温暖，却喷出呛人的浓烟，熏得玛丽安眼泪直流。声音会飘进房间，或是刺耳的叫喊，或是马匹的嘶鸣。有时她会听见狰狞的、非人类的号叫，她猜想那大概是森林里的狼。有时她又仿佛听见房子里传来乐声，但她怀疑那不过是枝丫间风声的叹息。珠儿不来看她，他的老师也没来过。她似乎正在被隔离。

“好吧，多纳利认为，明天一早你可以下楼了。”一天晚上，格林夫人终于说，她从发髻上取下骨质的发簪，细细的银灰色发丝盘旋着落在她皱褶的颈部，“但是——我必须告诉你，只要不是我亲自烹制的或是没有经我手的食物，你都不要吃。你要时刻跟在我身边，记住了吗？不要乱跑。”

“为什么？”

“这大概就是你们说的防疫。”格林夫人说。她套上一件肥大的法兰绒睡袍，吹灭脏兮兮的小烛台。这烛台不过就是一根棉芯漂浮在一碟动物脂肪里。话毕，老妇人在玛丽安身边躺下，玛丽安的视线被她那厚墙一般的背挡住，只看得见皮肉映出的微光。

次日，她看着格林夫人在空荡荡的厨房里为她准备早餐，男人们几小时前就吃过去打猎了。格林夫人将一只金属锅放在火上，她从袋子里取出些面粉开始搅拌。那面粉是偷来的，它原先的主人经过辛勤的犁地、育种、播种、收割、碾磨、装袋，可最终的成果却被人夺去。如果世上还有天理，那么该是它原先的主人去烘焙这些面粉、享用做出的面包。然而，格林夫人凭借征服者的特权舀了一勺面粉，野蛮人更需要这面粉。她将盐、水和动物脂肪放进粗糙的陶碗里，与面粉一起搅拌。

“面包算得上奢侈了。”她说，可那块没发酵的面包顶多算得上酸了的烤饼。她用一些谷物做了稀粥，吃起来有股浓烈的煳味。桌上放着冷肉。格林夫人还为玛丽安准备了牛奶，牛奶的味道同样一言难尽，并且为了够给更多人喝，格林夫人还掺了水进去。玛丽安坐在摇摇晃晃的庞然大桌前，吃着这些奇怪的食物，而这些现在已经成为她的日常饮食。

这厨房基本就是个山洞。大多数窗户都还有玻璃，玻璃上早已结了陈年的烟尘，只有火炉里噼里啪啦的火焰和洒入晨光的门口，给屋里带来些光亮。四处都挂着大块的肉，有的已被熏黑，有的还留有肉色，炫目的大丽蝇流连其间。几件被虫啃食的家具还留在这儿，古老的碗橱里竟还摆放着残破的旧陶器，部落里的人因为迷信都不敢用。屋里还有一口大水池，满池的苔藓如翡翠色的毛皮，连同地上的石板也占领了。这里有泥土的气息，有腐食的气息，以及弥漫整座房子的粪便的气息。玛丽安裹紧毛皮开始吃饭，要活下去就必须吃，尽管她一点也不情愿。

珍坐在桌子上，好奇地偷瞄她。这天也很冷，珍穿了一件长毛的束腰外套，看起来像古代英国人。玛丽安打量着这个仿佛从古代来的孩子，思考着他们究竟是在倒退回历史的源头，还是在适应新的形势。珍打了一下她的手，她勺子里的粥洒了出来。

“我不喜欢你盯着我看。”珍说。

“我也不喜欢你盯着我看。”玛丽安生气地回嘴。

“看看她，我真得和她做朋友吗？”珍问奶奶，脸上露出忧伤的神情。格林夫人正看着炉子上的面包，火光将她的身影投射到后面的墙上。

“别问我，”格林夫人说，“我不知道，没人说该怎样。”

“什么，那老头没说什么？”

“只是叫我照顾她而已。”格林夫人叹了口气，目光注视着少女和那孩子若有所思。突然，她命令道：

“亲她一下。来。她真的是人。”

肆无忌惮的烟从烟囱里翻涌而出，将面包染黑。珍诧异地大吼一声，往后退去。她一边退一边颤抖起来，一直退到桌子另一边，逃离日光和火光所及之处，躲进阴影里。她退得太快太猛，不小心跌下了桌子，接着她仓皇逃出厨房，转身奔向走廊。她赤裸的脚踏在石地上，发出轻微的砰砰声。格林夫人耸耸肩，将锅里的面包用木头盘子盛出，拿刀把上面的烟灰刮掉。

“每个人都免不了犯错，”她说，“我以为她会亲你的，以为这样她就能习惯你。”

玛丽安猜想那孩子大概认定她是个女巫，这想法虽荒谬，但以她的立场却是合情合理。她不禁一阵窃喜。一只狗过来闻了闻她的膝盖，她把剩下的食物给它吃，早餐就这样结束了。狗吃完后抬起腿对着桌腿撒了一泡尿，格林夫人看见一顿臭骂，舀了一瓢水泼上去。

她觉得格林夫人相当于这里的管家，或者更确切地说，是某种掌管内务的女族长。整整一天，格林夫人都在房子里四处查看。房子按楼层被划分成几块营地，在破旧的霉迹斑斑的吊顶下，旅人的营火闪烁着、跳动着，一切都像是临时的、短暂的。但心之所在便是家，孩子们似乎也都得到了充足的关爱。家家户户都在干活儿，女人们有的在用原始的手法处理毛皮，用小刀刮掉皮子上的肉，有的在绣公鸡、蔷薇、太阳、蛋糕、匕首、蛇和橡子的图案。玛丽安觉得绣花没什么意义，但他们像处理毛皮一样认真。后来，她发现这些图案其实是巫术，要不是别人告诉她，她也不信。几个老人在用木头雕刻杯子和盘子，还有人将小臂伸进黏土里做陶器。所有这一切都在沉默中进行，因为他们没必要说话，也没什么可说。成年男性不是在外面料理马，就是去树林里打猎了。

这几个氏族生活在一起，亲密无间，别家的孩子也像是自己亲生的。倘若某个孩子摔伤了、哭了，离他最近的女人会把他抱进怀里安抚。但是有两个婴儿似乎病得很重，他们躺在柳条篮子里，虚弱地吐着奶。格林夫人注视着病童，眼里流露出忧虑和悲伤。有个孩子的母亲看见了玛丽安，便浑身颤抖起来，警惕地伸手去握护身符。这个女人也许就比她小一两岁，看起来很年轻。她的腕部文了几条蛇，每条蛇盘成环状，尾巴咬在嘴里。她没有穿长筒袜也没穿鞋，身上的裙子由偷来的毯子做成，图案是深蓝和黑色交错的大格子，裙子做得方方正正，像个盒子，胸部割了条大口子方便哺乳，裙子的下摆上破了一道，露出了她的右膝。她的胳膊上戴了一只不走的腕表，只是用来装饰。那是一具小小的时间的尸体，已永久地沉睡，停留在某个遥远日子的两点五十分。她仅露出一只眼睛，另一只用黑色的罩子遮着。玛丽安不敢相信自己和眼前这位同样都是女性。那生病的婴孩还不到一岁，那女人的肚子却又大大地鼓了起来。玛丽安猜测这孩子是胃功能失调。

“要是我，我会让他们暖和点。”格林夫人说。

女人将两个篮子先后移到破损的壁炉旁，壁炉里阴郁的火将屋子里灌满酸楚的浓烟。这些窗户都没有玻璃，只剩下生锈的铁栅栏。小丑和戴着高帽的兔子在泛黄的烂墙纸上影影绰绰。这屋子原先应该是个婴儿房。地上散落着草垫子、金属锅和各类衣物。

“快去倒掉！”格林夫人指着一个粪桶厉声喝道。她严厉的语气，吓得那女人哼哼唧唧，她把桶泼泼洒洒地提到外面的平台，把里面的东西一下倒进大厅的井里。回来后，她从身上十几个护身符里取下两个，悄悄放在孩子的毯子下。

“一会儿博士要来做祷告，”她说，“注意点，不怕一万只怕万一。”

格林夫人的裙子一直拖到脚踝，她走进过道时将裙子提起，地上很脏，虽然女人们偶尔也会收拾，但到处仍是灰尘、破毛皮、动物内脏等污物。玛丽安想到寄生虫不自觉地身上一痒，那些薄床垫，里面填着树叶、稻草和羊毛，必定是虫子杂生。战士们飘扬在风中的头发，根部也塞满了虱子，看起来倒像是别具一格的装饰。她看着那些从钉子上耷拉下来的战袍真想笑，就这不堪一击的破东西，怎会让人恐惧。孩子们或多或少地都感染了癣、皮肤病和泪溢症，还有的患了佝偻病。她想，他们会得营养不良的病吗？比如，糙皮病和脚气。她想起父亲研究的高贵的野蛮人，厌恶中不禁多了一丝悲伤。

“这和你从前的生活可不一样，亲爱的。”格林夫人说，她弯下腰从走廊里的晾衣绳下钻过去，绳子上挂着几张用狗粪处理过的皮子。

“是的。”玛丽安咬着嘴唇答道。

“可是，跟异民的生活比——如果那能叫生活的话。他们蜷缩在地洞里，身上生了烂疮。众所周知，他们把箭头蘸进烂疮里来上毒。”

格林夫人带着她参观了这臭气熏天的大杂院里的每一个房

间，唯独博士那间没去；然而从他的门前经过时，玛丽安惊讶地发现他房间的外墙上用红漆写着“乏味是自负的好儿子”。野蛮人都不识字，所以她猜测多纳利是专门写给她看的。她非常想拜访多纳利博士，但是格林夫人根本没有想进去的样子。当房子被黑暗笼罩时，猎人们带着白天打来的猎物归来了。

他们把捉回的猎物带进厨房，一只只扔在桌上。猎物的四肢僵硬地伸直，眼睛里残存着临死前的恐惧。人们烧旺炉子，照亮房间，猎物分给众人，接着剥皮、宰杀，整个部落迅速拥进屋子，为了肉块吵吵嚷嚷。珠儿和他的几个兄弟担起分肉的任务，火光照到哪块他们就砍下哪块，斧光一闪便落下红彤彤的肉块，厨房这时成了屠宰场。骨头仍连在肉上，鹿角、野猪獠牙、血肉模糊的毛皮在地上积成一堆，小孩子们绕着成堆的尸骨跳舞、尖叫，兴奋不已。

这六个兄弟，像他们的父亲一样黑，如今却被四溅的鲜血染红。她从周围人的眼睛中什么也读不出，他们粗鄙、歪曲的嘴撕开或扭曲或呆滞或苍白或燃烧的脸，发出刺耳的尖叫，吐出污秽的恶语。他们的脸沾着鲜血和火光，又染上黑影的污渍。玛丽安神迷目眩，眼前只有黑色与红色天旋地转，她甚至能闻见红色正散出热烘烘的恶臭，听见黑色在喧闹声中发出她无法理解的声音。珠儿、约翰尼、雅各布、本迪戈、布鲁、贝儿，这几个兄弟的名字像连祷经文一般，一遍又一遍地回响在她的脑海里。她不知道死去的那个叫什么，他们似乎也已经忘了他。他们把一块块内脏扔给狗吃，一只狗叼走一对猩红色的肺，去找个没人打扰的地方享用。玛丽安蹑手蹑脚地挪近敞开的后门，想要逃进寂静清新的夜，但是格林夫人看见了，紧紧抓住她的手腕，她只能等待这一切结束。食物分完，人群散开，兄弟几人用桶里的水冲洗身体，甩干身上的水。

格林夫人让玛丽安坐到椅子上，接着开始冲洗地板。那兄弟几人半裸着身子，走到火炉边取暖。他们走路摇摇摆摆，不似普通人平稳，一看就是骑惯了马的。其中两人脸上刺了蓝色的纹路，六人身上都文了蛇、鸟、太阳、星星的图案。一人蓄着小胡子，三人留着长胡须。她数了数只有五人，才意识到珠儿不见了。她没了安全感。

那兄弟几人小心地看了看她，她看见最小的那个，贝儿，正偷偷摸摸地做着抵挡恶魔之眼的手势。贝儿有着棕色的肌肤，纤弱的身躯尚未发育完全，她遗憾地发现他竟是几人中最迷信的，因为他从花园里拔了根难看的蔷薇别在耳后。他们围在火炉旁，一言不发。血水在房间里徐徐漫延，湿了玛丽安的脚。她勾起脚，努力保持平衡，因为椅子的一条腿瘸了。

这时，之前那可怕的号叫再次响起，近得如在耳畔，声音越来越大。在令人几乎难以忍受之时，声音戛然而止，破裂成粗哑的啜泣。本迪戈，又或是布鲁，对着火啐了一口。

“真希望多纳利能下来瞧瞧那孩子。”他说。

“是孩子在哭吗？”玛丽安嚷着，她被吓到了。

“是那呆子，”贝儿冷冷地说，“他儿子，博士的呆儿子。”

“看，呆子在外面呢，”格林夫人说，她正在用一把草擦洗桌子，“他今晚不舒服，可怜的小家伙，大概因为天气不好。”

那狂乱的号叫再次响起，缓缓升起又疾疾落下，如同一道让人心惊的彩虹。玛丽安从椅子里一跃而起，从那几兄弟身旁走过，朝厨房门外望去。

外面天色尚明，可以看见长满杂草的后院里有一条小路，四周环绕着垮塌的建筑。她曾看见一个男孩被拴在多纳利房子的墙上，她认出那男孩正是她在森林里见过的，她以为自己出现了幻觉。如今她又见到他，他蹲坐在小路上，被链子拴在马厩的U形钉上。他翻着白眼，对着暮色四合的天空又是一阵嘶吼。他四周散落着几根啃干净的骨头，面前摆着一碟水和一个写着“狗”字的空盘子，想必这就是他的饭碗。雨水打在他的胳膊上，顺着他瘦骨嶙峋的前胸流下，刺青处呈现出青白色。他蹲坐着，吼完后安静下来，抠着脚指头里的污垢。他是如此真实。

“他把床弄脏了，”兄弟中的一个神秘地出现在她身旁解释道，她便没有走出去，“他把床弄脏了，就不能和博士住一起了，弄脏了就得睡外面。博士这人讲究得很。”

“他是铁打的，那呆子。”另一个兄弟说。他站在她的另一侧，长发遮住眼睛。她环顾四周，发觉自己被包围了。她从门口走开，可他们依然紧跟着她，她甚至能闻见他们身上的气味。那是坟土的味道。格林夫人放下手中的活计抬起头，一脸焦虑。一根大树枝栽进火里，火花飞溅。

炉火噼里啪啦，厨房顷刻间化为地狱。她试图从一人的腋下钻过去到格林夫人身边，但他抓住了她的肩膀，虽然格林夫人之前警告过珠儿不要动玛丽安，但她此刻却没作声，只是做了个无可奈何的手势。一群未开化的野孩子。他们的双眸如枯木，狞笑着露出白净的牙齿。玛丽安环顾四周，她被枯木般的眼睛和残忍的笑容团团围住。她瞥了一眼通向走廊的门，希望能从那里逃走，可那里站着第六个兄弟，或者说是第七个，如果算上死掉的那个的话。他已不声不响地进来，此刻正靠在墙上，一边置身事外地看着她，一边用小刀尖儿挑着指甲。

“约翰尼……”格林夫人无力地哄劝道，“雅各布……”

贝儿再次做出抵挡恶魔之眼的手势，但没有进一步动作。他们蠢蠢欲动。他们的步枪已放下，但刀仍佩带在身上，而且他们看起来很讨厌她。

“有孩子病了。”格林夫人无力地哀求着，仿佛这个理由足以让他们放弃强奸她，抑或是，放弃杀了她。玛丽安看见珠儿转过头去，格林夫人那话引得他大笑。那笑声仿佛一记信号，火炉旁的三兄弟慢慢向她逼近，而她左手边的那个，约翰尼还是雅各布，从容地将手伸进她刺绣衬衫的敞口，抚摸她的右乳。火光的映衬下，一只只黑影巨兽在墙上张牙舞爪。另外几兄弟大吸一口气，靠拢过来。

他们冷漠无情地把她往桌子边挤，格林夫人拧着自己的手，发出痛苦的叹息。但是她，内心也是矛盾的吧，即将发生的一幕一定会让她的良心受到折磨，但是说不定也会让她有一丝满足。玛丽安发现自己一点都不害怕，可她非常生气，她开始挣扎、喊叫。兄弟几人笑了，却仍然靠拢过来。于是，她闭上眼睛，幻想自己不存在。

然而这下下策的自我保护根本没派上用场。突然间放肆的笑声戛然而止，兄弟几人悄悄从她身边退开。格林夫人如释重负地喊了一声，玛丽安闻到一股奇特的薰衣草香。她睁开眼看见了那位阴阳胡子巨人，他坐在桌边，如同坐在王座上一般。他手里拿着一盏小烛台，烛台的灯油散发出薰衣草香。那兄弟几人已畏畏缩缩地退到了墙角。

“我必须承认，他们很勇敢，”巨人说，“众所周知，女教授们的私处长着尖利的牙齿，专门对付年轻男子的生殖器官。”

珠儿又笑了，但其他人没笑。他走进教授的烛光下，此刻他的头发扎成了两束，看起来就像玛丽安父亲书里的美国土著。这样想来，他的名字倒是很正常，并不是书中提到的“美丽湖”“颊上雨”或是“决胜杀手”这样奇怪的名字。他的脸也像印第安人一样面无表情。多纳利友善地拍打了一下珠儿的肋骨。

“你呢，如果他们真的动手了你会怎么办？袖手旁观，驻足消遣？”

他的声音轻柔细腻，是文明人的声音。大约是为了保持神秘感，他戴了一副金属框的深色眼镜，其中一个镜片裂了。他的脸生得瘦削精巧，是文化人的脸。玛丽安就是在这样的声音、这样的脸中间长大的。她不假思索地说：

“你为什么不好好照顾你的孩子？”

“因为他有坏习惯，”博士利落地答道，“你喂他东西他会咬你，他还会在自己的排泄物里打滚。”

这就像在家，在她的塔里，和客人聊着一只难驯的狗，只不过多纳利说话时露出了锉尖的牙。他向她伸出手，那手柔软白净，指甲修得很整洁。她愣了一会儿，然后伸出自己的手，他庄重地和她握了握手。他将手伸进闪亮的黑色毛皮外套下的内袋里，取出一只猪皮钱包，从中抽出一张卡片递给她。那是一张白色名片，上面刻着秀丽的哥特体文字，“F. R. 多纳利，博士学位”。她看完后，他又收了回去。

“玛丽安，”他热情地说，他笑着做了一圈手势，示意屋子里的其他人，“不过你肯定觉得自己更适合米兰达这个名字。”

“那你从前想必是个文学教授吧。”她说。

“可我如今在这里，我留在了这里。”他欣然回答。

他似乎情绪不错，不停地招惹旁边那位帅气的小伙子，时不时地轻抚他的胳膊和头，而珠儿毫不在意。玛丽安再次遇见自己熟悉的人类，安心了许多，他似乎也非常自在，坐在桌边等候晚餐，虽然他们把他当作萨满，抑或是他自己决定担当巫医一角。她开始咬指甲。他打了一记响舌。

“别这样，亲爱的；你现在是我们的圣女，可不能咬指甲呀。”

“什么是圣女？”

“看吧。”珠儿说。

“我们的荒原淑女，”多纳利笑容满面地大声说，“我们的沼泽圣女。”

“幸亏他们没强奸我。”她厉声道。

“的确，”多纳利说，“亲近滋生轻蔑，你需要让自己有威慑力，你明白的，不然你该怎么活下去呢？”

格林夫人此时正在准备晚饭，她将一块猪肉放在火上烤，其他几个兄弟围着一盏灯坐在地上，依然沉默不语，偶尔说几句那女孩和她同类的坏话。然后他们开始用骨头块玩游戏，轻声争吵投掷的结果。烤肉的气味与其他味道融为一体。狗在附近晃，珠儿踢走了一条上来闻他的狗。这个小动作令他身上的饰物擦出细微的叮当声，玛丽安这才意识到他先前有多么安静。

“恐惧。”珠儿突然说道，似乎在抛出一个话题。

“统治的野心，”多纳利礼貌地接道，“我只须竖起我的小拇指就可以令人惶恐不安，但是我要伺机而动。”

猪肉的脂肪噼啪作响，听起来极为诱人。多纳利拎起珠儿粗重的黑辫子又放了下去。

“继续啊，跟她说说社会需要宗教。”珠儿说。

“还没到时候，”多纳利说，“她看起来累了。”

“今天过得不好？”珠儿讽刺地问。

“今天还没过完。”

“聪明的回答。”多纳利称赞道。

“我说过她很聪明的。”

“你是天赐之礼，年轻的小姐，”多纳利博士说着咧嘴大笑，露出他那奇异、可怕的牙齿，“你让这些不幸的人有了恐惧和厌恶的寄托，无须再怨恨他们多舛的命运。”

他咳了一声，仿佛置身礼堂演讲。

“嘿，多纳利，”珠儿说，“就在她那地方，他们杀了她父亲，用斧子砍下了他的头。”

他转过脸去面向他的老师，身上的饰物又一阵响动，他依旧面无表情。多纳利再次伸出细长白皙的手，摸了摸珠儿的脸颊。

“你现在在想什么？”

“弑君。”他回答。

“别吓唬人。”多纳利轻声斥责。他又对玛丽安说：“看看他，他是小埃及[1]的公爵，雨露之地的国王，这片土地的继承人。”

他突然仰天大笑，珠儿也不情愿地跟着笑起来。两个人的脸随着那莫名其妙的笑扭曲、变丑，玛丽安心中不安，她暗下决心再也不要待在这个恶心又危险的地方。

第二天早晨，她发现生病的孩子中有个发着高烧，有个四

1　小埃及（Little Egypt），美国伊利诺伊州最南端地区的别称。欧洲殖民者将密西西比河视作美国的尼罗河，再加上有证据表明该地区曾有过古代文明（当时的土丘看起来像金字塔），因此该地区被称作“小埃及”。——编者注

肢乏力、面色惨白。其他三个孩子也都出现了呕吐和腹泻的轻微症状。

“都是因为喝了不干净的水，”格林夫人下结论，“你们应该取泉水，而不是河水。”

“博士说——”怀孕的女人说，但她一看见玛丽安便住口了，恐惧地颤抖起来。玛丽安猜想那女人大概认为是她带来了疾病。

“该走了，”玛丽安心想，“现在。立刻！”

荒野无论有多危险，也比待在这群陌生人中间好。她父亲还在世、她还在白塔里时，无论曾对野蛮人抱有怎样的浪漫幻想，现在都已破灭。她很同情他们，可她更想逃离，仿佛大地的某处仍可能成为她的家。于是她跑进森林，不在乎野兽会不会吃了她。然而，珠儿还是找到了她，强奸了她，又带她回去。

可她出走时已格外小心。她带了自己的衣服、几块毯子和一些食物，格林夫人忙着照料生病的孩子，没时间注意她。她询问下午可以独自去休息吗，那老妇人没在意地点了点头，玛丽安就悄悄地从后门溜了出去。

那天天气晴朗，微风徐徐。院子里的金色杂草撒下花粉，落在那个被链子锁着的男孩的青色皮肤上，他正躺在阳光晒热了的石头上睡觉，头发垂在泥坑里。他身上还有刚刚被毒打的痕迹。如果她有刀，她会还他自由，但是她没有。正值晌午，没有人看见她离开。孩子们都在河里，女人们也在趁着好天洗衣服，把衣服放在河边的石头上拍打着。她走进房子后面的那片森林里，爬上山坡，回望身后。她看见那摇摇欲坠的大房子、粪堆、几匹正在吃草的马和人影攒动的河流，整个山谷看起来就像庞大的垃圾堆。她加快脚步，很快便越过了山顶，与野蛮人一山之隔。

她走得越远，心情就越好。太阳从叶间探出头来，如同新的一般，甚是美丽，将各处都染上一层金色。夏日的大部分时光都在病痛、幽禁和糟糕的空气中不知不觉度过了，但是现在她独自一人，漫步在香甜卷曲的野草之间，观赏着林间点点鲜艳的浆果。像杏子一样的菌菇，像深红色颜料的或是有厚重灰色褶边的菌菇，一簇一簇，装饰着树木的主干。黄色的荆豆遍地丛生。虽说野兽在此出没，但这里如此美丽，她想它们不会伤害她的。她努力回想第一次目睹野蛮人经过的那条路附近有什么景物，但是她方向感差，最多只能误打误撞碰对，她仔细观察，希望能找到一处树木稀疏的地方。

眼前没有路，只有兔子踩出的小道，白欧石楠、荨麻和一些恶毒的植物在脚下给她设下陷阱。她想休息一会儿，于是爬上山毛榉，如果有野蛮人路过，在树上不容易被发现。这棵山毛榉立在一小片空地的边缘，树叶如黄铜般结实。她靠在一根粗壮的枝干上，闭上了眼睛。

她多么希望能向父亲诉说野蛮人的真实面貌，和他讨论部落的社会学。当然，还有心理学，特别是那片不毛之地的乞丐王，还有他那颇为古怪的谏臣，他的声音竟让她想起父亲。但是父亲去世了。她睁开眼睛，让眼泪流出，却看见珠儿坚如磐石地站在树下，恍如一场梦中邂逅。

他站在空地的另一边，靠在一棵橡树的树干上，一边嚼着草根，一边用刀修着指甲。他的头上系着一块破布，用来绑住头发和吸干汗水。他将长步枪立在身旁，时刻准备开始一场持久的围攻。他们四目相对。

“你从营地一直跟过来的?”她最终打破沉默。

“噢，不，”他说，“你走了很远我才发现的。你走了很久嘛，真叫我吃惊，而且竟然一直走的直线。”

她紧张地环顾四周，想看看他的兄弟有没有跟来，还好他是一个人来的。她无法逃走，也爬不到更高的地方，就只好待在那里，生着闷气。

“天气不错吧，”珠儿说，“之前下了那么多天雨。”

他像背课文似的说出这些话，接着咧嘴一笑，做出要咆哮的样子。她继续保持沉默。她摘下几个山毛榉果实，掰成几瓣。

“当然了，”他突然接着说，“天气好的时候屋子里更难闻。”

玛丽安不再沉默，开口攻击他。

“猪圈里长大的，”她愠怒地说，“还能辨别什么难闻什么好闻。”

他再次咧开嘴露出不怀好意的笑容，一边琢磨她说的话。

“我可不是猪圈里长大的，”他终于回答，“我以前和马睡，因为我更喜欢它们的长相。”

他继续修指甲。

“还有，”他接着说，“马是食草动物。”

他说这词时带着没文化人那种刻意的文绉绉。她栖于高高的树枝上，自觉高他一等。她满心愤懑地瞪着他。

“你下来吗？”他不在意地问。

“你不走我就不下来。”

“哈，又要为自由一搏？”

“没错。”

“不过你要逃到哪儿去呢？在这没人的地方，你能去哪儿？这里除了野兽，就是比野兽更野的异民。你没武器保护自己，也没吃的。”

“我在这儿比在你们那儿安全。我会找到路的，顺着路总能找到村子。”

“什么？你们那种村子？你要回到你们的人中间去？”

“去其他村子，不回我那个。”

“都差不多。”

“你怎么知道的？”

“我去过不少。”

“你只是去打劫，”她说，“从来没有久留过。”

他耸耸肩，把刀放到一边。

“从树上下来吧，教我几个词，”他邀请道，“我们迟早能顺利交流。”

“我们没有什么可交流的。”她泼了他一盆冷水。

他朝这棵树走来，身后的影子伸展拉长，身上的护身符叮当作响。他总会过来的，就像天气总会晴朗，可他的脸比天气更难以捉摸，因为他的脸天生不会微笑，她不知道他在想什么，或者他到底有没有在想事情。

“以便平等交流，我们需要先建立共同的知识基础。”他说。她仿佛从这粗野的嗓音中听见了他老师的款款细语，她懊恼地发现自己又哭了。号啕中，她跳下树落在他身上，把他吓了一跳，他们双双跌落在灌木丛里，扭打了一会儿。他喘气、咳嗽，但他依然比她强壮太多，不一会儿她就意识到自己要被他押回营地去了。但是，当她的手被按在脑后时她依旧愤怒。

“我想我是这世上剩下的唯一一个理智的女人。”她对着他的脸吐出这些最令他不堪的话。他们一起落到了漫过头顶的草丛里，他把她压进肥沃、湿润的泥土里，开始解她的衣服。

“你就是一个杀人犯。”她说，决心不惜一切代价维护自己的尊严。

“你会发现我是最温柔的暴徒。”他的回答太讽刺，因为她根本没看出他哪里温柔。

为了确认是否找准地方，他将手指直插入那湿润的洞穴，她几乎提前感受到了那一刻的痛楚。那地方火辣辣地疼，她全身仿佛被撕裂开，但是她一声没吭，因为消极抵抗是支撑她的最后一股力量。绿色的阳光下，他的脸如同磨光的金属，她想起自己目击的那场谋杀，那个小野蛮人把刀插进哥哥的喉咙，鲜血喷涌而出，即使这样她也没有闭上那双透着凛冽寒气的眼睛。他进不去，于是喷了几口口水。最后一片守地被强行攻下，意图性侵的他成功了，一座巨塔在她心中轰然倒塌。过后，她出了许多血。他惊奇地看着那血，用手指沾了一点。她冷冷地看着他，刚刚如果他亲她，她会把他的舌头咬掉。她再次挣扎，但是他很快就回过神来，用一只手压住她，另一只手扯开脏兮兮的皮外套，撕下衬衫袖子，就像她被蛇咬的那次。这往日重现的一幕可真滑稽，但她现在没有心情去笑。他把碎布置于她的大腿间，吸干血水，真是诡异的礼节。

“都会流血的，”他安抚她，“一会儿就好。”

“这是我跟你出来以后遇到的最可怕的事，”她说，“比蛇咬可怕多了，因为你蓄谋如此。你为什么要这么对我？”

他的样子似乎是在严肃地思考这个问题。

“憎恨你们是我们的传统，而且，我很怕你。”

“那我在这点上胜过你。”玛丽安说完把他推开，想找东西盖住自己。

“别那么得意，”他回答，“我要娶你的，不然我干吗来带你回去。”

看见她一脸惊恐，他捧腹大笑，直到被一小阵咳嗽打断。

“为什么？”她嚷道。

“多纳利说，”他平复下来，“要将你吞食，让你与我们融为一体。他说，这是社会心理学。我已经把你攥在手心里了，蠢女人。”

他放开她去拿步枪，她却虚弱得无法逃走。他顺便捡起和她一起从树上掉下来的行李，伸出手来让她牵。她无视他的手，自己爬了起来。她问了一个无关痛痒的问题，借此与他疏远。

“你们的部落以打猎为生，肯定需要很多子弹，子弹都是偷来的吗？”

“是的，每一颗都是。”

“如果他们不再造子弹了，你们怎么办？”

“用弓箭咯，像异民那样。”他漫不经心地回答，因为他相信教授们会一直造子弹，再说了，船到桥头自然直。他做了一个拉弓的姿势，然后凝望着不存在的箭飞向远方。他的姿势如此优雅，如此古朴，令人惊叹，玛丽安虽然恨他，却也禁不住钦佩。

“你拉弓射箭就像鸭子划水般自如，”她说，“你完完全全是个时代错位之物。”

不过她说完就后悔了，事实上他早已融入了周围的环境，是她自己融不进去。

“什么是时代错位之物？”他皱眉，“告诉我时代错位是什么意思。”

“一个时间尺度上的双关语。”她狡猾地答道，这样他就听不懂了。

“别这样。”他低声怒吼。他怎么也算不上文化人。

“一件从前适用、如今却不适用的事物。”

“原来如此，原来如此。”他恢复平静。他们沿着来时的路走回去，一路上他都在嘀咕“时代错位”这个词，好像在努力记住它，但她后来又猜测他是不是在嘲讽自己。他停下，打了一只兔子。

“哎，我真得嫁给你吗？”她绝望地问。他拎着兔子的后腿，泛着霓虹光泽的兔子耳朵在草中划出一道痕迹，血从它的鼻子滴下。

“看起来是这样的。”他回答。

她朝路边的白欧石楠踢了一脚。

“我父亲说那是一种深邃的精神体验。”她悲伤地说。

“什么？”

“失身，或结婚，他将两者视为一体。”

“他对那些东西感兴趣？”珠儿说。

“他只结过一次婚。”

“我的意思是他喜欢思考那些事情？”珠儿费力地解释。

“思考是他的本职。”

“他们会把他的大脑泡在罐子里吗？”珠儿问，“或者他就是从那最好的时代保存下来的大脑？”

“再这么说我父亲，我就杀了你。”

“你不知道怎么杀人。”他说。

他又看见一只兔子，又是一枪，这下他们有两只兔子了。

当他们再次看见房子时，她一下泄了气，想逃跑，他却轻易地将她绊倒。她的痛苦和恶心毫无掩饰地写在脸上，他耸耸肩，用枪顶着她的脊梁骨押她进屋后的院子。院子里，格林夫人蹲在地上，正将煎锅里的食物拨到呆子的盘子里。呆子扯着链条往各个方向跑，嘴里叫喊着。

“不管他做得对不对，他都得吃得好，我不管多纳利说什么。”她说。她眨了眨眼才认出面前的人。

“你把她怎么了？”

珠儿放下步枪，把死兔子放进继母的怀里。玛丽安盯着地面，神情凝重，一声不吭。他揪住她的下巴，抬起她的脸，逼迫她直视他的眼睛。

“这位小姐在树林里丢失了她的笑容。”他说。

“不只是笑容吧，你这个恶棍，”格林夫人一边说着，一边举起没拿煎锅和兔子的那只空手重重地打了他一拳，“你就不能学尊重一点？”

呆子用胳膊抵开一只闻香而来的贪婪的獒犬，开心地咕哝着扑向食物。珠儿揉了揉被继母打了的脸，那里留下一块印子。

“关于女教授的那些传闻都是假的。”他说。

“我恨你。”玛丽安说。

“肯定，”他说，“不恨才怪。”

他在博士儿子的身边蹲下，将手伸进他的项圈下。那孩子抖了抖身子，继续吃。珠儿用另一只手抚摸、拍打那孩子，他们压着嗓子互相咕哝着，如同两头野兽在交流。

“这项圈把他的皮都刮破了，”珠儿说，“怪不得他要叫。”

“进来洗个澡吧，亲爱的，”格林夫人对玛丽安说，“无论怎样，还不算太糟，不是吗？他明天就要娶你了。”

玛丽安虽沉浸在悲痛之中，却也依然明了珠儿此刻发笑的原因。格林夫人领她进屋时，她往后瞟了他一眼，他依然低着头。他没有笑，手上拿着一把刀，像是在割那孩子脖子上的项圈，如果不是在割他的喉咙的话。玛丽安不确定哪种更有可能。

“那孩子熬过来了，”格林夫人说，“多么神奇。他的烧退了，就这么退了，他现在睡得正香呢。其他几个也好些了。真是天降恩典。一般来说这种病发作起来，小孩子全都要病倒，大多数都会死掉。”

“孩子好了，那现在没有人会怪我了。”玛丽安说。

“你现在懂他们怎么想的了吧，亲爱的。只要是出问题，他们总要找个东西怪，就像孩子，很小的孩子一样。我真同情他们，亲爱的，真的非常同情。”

她们小心翼翼地从大厅里的粪堆间穿过，爬上楼进了屋。多纳利的墙上有了新的标语：“注定的统一诞生尊贵与荣耀。”这一次字是黑色的。玛丽安不懂这句话的意思，但她经过时朝它啐了一口。

四

恰如伤她之人所预测的，身体的疼痛很快逝去，可她内心的恨意却越发浓烈，相比身体所受之伤，她的自尊心才是伤痕深重。她自觉深陷牢笼，了无希望。她将自己锁于凄苦之中，裹着毯子躺在格林夫人房间的床垫上，拒绝食物，拒绝说话。阳光从褪色的墙面上溜走。终于格林夫人捧灯而来，脱衣就寝。灯油熔化，烛光闪烁，格林夫人瞥了她一眼。

“这是你和我睡的最后一晚，”格林夫人说，她的身形忽隐忽现，“明天你就要和珠儿一起睡了，姑娘总要嫁人的。”

听到这话玛丽安一跃而起，凛冽的双眸熠熠闪烁。

“这是个噩梦，”她说，“这不可能是真的，这一切从未发生，也永远不会发生。”

“亲爱的，男人总是占便宜，”格林夫人说，“我们只能逆来顺受。”

格林夫人叹了口气，不过她依然自得其乐，生活闲适，就好像新生的树林里并没有伺机而动的狼和老虎。玛丽安也必须认命，无论是强奸还是死亡，她都得欣然接受，就如她父亲所说，有些事她必须承受。格林夫人的相片在烛光下闪烁，相片里的女人或许是玛丽安的母亲。要是当真如此，格林夫人也会感到欣慰吧，她那粗野的养子将娶一位高门第的媳妇，这大概会有种复仇的快感。显然，她认为玛丽安已经得到了教训，不会再逃跑。第二天早晨，她给玛丽安准备了早餐后，就自己去巡视营地了。

今天虽是玛丽安的大喜日子，她却无意逃跑，因为她知道她会再次被某个狡猾的猎人跟上，或许再次遭受肉体的凌辱，然后由枪顶着回到这座恶臭的城堡。于是，她径直走向博士的书房。

下楼时，她再次听见禁足时让她战栗的奇妙乐声。越发强劲的和音从多纳利的礼拜堂传出，听起来像是一架小型管风琴，他弹得粗暴异常，久经侵蚀的石壁瑟瑟发抖。她以前从未听过管风琴音乐，可她能听得出这琴音不准。赋格曲渐入高潮。昨晚的标语已被擦掉，取而代之的是：“不要相信外表，外表从不隐瞒。”她猛地拉开门，用最大声音喊道：“真是装模作样！”

她的声音与乐声齐鸣，回荡在穹顶之下，又一起戛然而止。屋子里几乎一片漆黑，窗子用皮毛盖住，只露出少许阳光，今天又是一个晴天。在小炉灶的朦胧的火光下，她看不清那位演奏者身在何处，唯有管风琴琴管上残留的几片镀金折射出微弱的亮光。一根燃烧的蜡烛粘在说明书上，那是一台小型巴洛克管风琴，看样子制作于十七世纪末或十八世纪初，虫蛀的椽木上依稀可见一两个小天使的笑脸。多纳利从说明书上撬起蜡烛，高高举起，从长凳那里走来。他的头发直直地向四周炸开，仿佛一圈带铁钉的圣光。他没有戴深色眼镜，看起来心情愉悦，玛丽安不禁起疑。他的儿子畏畏缩缩地从阴影中现身，大喘着气，之前肯定是他在鼓动风箱[1]。

“一边玩儿去。”博士和蔼地对那孩子说，孩子惊恐地看了他一眼便冲出房间，“砰”的一声带上门。他今天没有戴项圈，脖子上磨出的伤口仍未愈合。他很是惶恐，一只眼圈黑了。

“也许你从前是个音乐教授。”玛丽安看了一眼管风琴说。她竟不能自已地被这乐声感染，她从前只听过舅舅军队里的军乐。

他没有回答，转而将蜡烛放在离圣坛较远的桌子上，桌上堆满了书，摇摇欲坠。他示意玛丽安坐过来，但她拒绝了。他在自己的房间里，穿了一套干净的深色套装，白衬衣配黑领带，没有佩戴任何护身符或首饰，也没有披着毛皮或羽毛大衣。他又点了几支蜡烛，屋内的样子清楚了些：青苔覆盖的柱子撑起蛛网缠结的穹顶，一根拴着破旗子的镀金杆靠在圣坛边，诵经台上的铜鹰锈成了青绿色，斜面窗洞里站着几尊蜡质和石质的雕像。这微弱、苍白的烛火基本只能映照出物体的轮廓，不过玛丽安还是能看清多纳利眼睛的颜色，他的眼睛绿中

1　早期演奏管风琴，通常需要两人搭档，一人演奏，一人鼓风，鼓风者一般是教堂信徒中的小男孩。

泛灰，像某种石头，而且布满血丝。她发现他拔了眉周的杂毛，将眉毛修成细细的弧形，这对于一个生活在不毛之地的人来说，真是怪异的讲究。

“告诉我，为什么我要嫁给那个在昨天下午，本该是下午茶的时间，强奸我的人形兽[1]？”

“仔细思考，逆境中求取最佳，”多纳利说着轻抚那撮紫色的胡须，“他也许是这个世界上剩下的最美丽的男人了。”

“你自己说过不要相信外表的，即使他美丽我也依然受了伤害，我也依然被凌辱了，他的美丽只让我更加受伤。”

“你既生活在了人形兽中间，那不如做粪堆中的女王。你难道不懂‘野心’吗？”

她不耐烦地摇摇头。

“想想，”多纳利怂恿道，“你肯定有想要的东西。权力？我可以让你拥有一点权力。”

他提及权力如同谈论美味的糖果。

“我只想要我父亲死而复生。”她说完顷刻间被悲伤笼罩，慢慢陷进多纳利的椅子里去。

“振作起来，年轻的小姐。嫁给黑暗王子[2]吧，你会发现他是个聪明人。虽然现实不给他机会让他发挥才智，但是他已尽

1 人形兽，出自英国作家斯威夫特的小说《格列佛游记》。

2 约翰·弥尔顿的《失乐园》曾以“黑暗王子”称呼撒旦。

他所能。”

她一一浏览他的书籍，在其中发现了一些她在父亲书房里见过的名字——皮埃尔·泰亚尔·德·夏尔丹[1]、列维－斯特劳斯[2]、韦伯[3]、涂尔干[4]等——书籍全都有火烧和水泡的痕迹。他在读一些社会学的书。

“你从哪里来？为什么来这里？为什么不待在你的家乡写稿子或做研究呢？我猜你从前是个社会学教授，不过一个文化人只有疯了才会将那头野兽称作‘黑暗王子’，我记得黑暗王子可是位绅士。”

“那里太无趣，”多纳利说，“我有野心，我想看看这个世界。”

蜡烛的火苗随着突如其来的一阵风跳起舞来，热烘烘的蜡味在空气中弥漫，空气变得厚重了。玛丽安的眼睛逐渐适应了烛光，天花板上那些球形和条形的雕刻渐渐显形为花、天使、花柱人[5]、骷髅、沙漏和死亡符号，全部沾染着灰尘。箱子、柜子和盒子扔得满地都是，上面放着落满灰尘的器皿，这里的书

---

1 皮埃尔·泰亚尔·德·夏尔丹（Pierre Teilhard de Chardin），汉名德日进，法国古生物学家和地质学家，天主教耶稣会神父，曾向世人证明基督教和科学能和谐共存并相互利用。

2 克洛德·列维－斯特劳斯（Claude Lévi-Strauss），法国人类学家、哲学家，结构主义人类学创始人。

3 马克斯·韦伯（Max Weber），德国的哲学家、社会科学家。

4 涂尔干（Émile Durkheim），法国社会学家、人类学家。

5 花柱人，英国五朔节的仪式之一，人披着巨大的装饰扮成树的样子，只露出一张脸。此形象出现于家居装饰时多为一张四周装饰着树叶的人脸。

比她父亲房里的书还多。要把这么多东西带着走，他肯定要有一辆专属拖车。黄色野草在墙壁间生根，某处滴下一滴水珠。

“结果你走到了路的尽头，在废墟里建造起一座腐朽的图书馆，躲了起来，”她恶毒地说，“你为什么不教珠儿读书？”

“首先，是出于自卫，”他轻快地解释道，“再者，我希望他留存住他的原始能量。”

“什么意思？保留他那野性之美？”

“怎么？就是这个意思。”多纳利说，他的眼睑抽动了一下，继续用白皙的手抚摸那紫色的半边胡须，此刻他凝视着玛丽安，好像在想她比自己预想的要聪明多了。

“我们的珠儿未经开化，却并不是蛮人。识了字，他的气质会变，会失去他那坦率的脾性。”

热蜡的气味和他炉子上炖的劣质啤酒味儿混合在一起，让玛丽安晕晕乎乎的，多纳利的声音和语调都那么熟悉，那么让她安心，虽然他说的话总有些怪异。他动的时候，一股淡淡的柠檬马鞭草香水味从衬衫上飘来，这气味沁人心脾，令她瞬间神志清醒。

“为什么你总用那难看的涂鸦跟我说话？”

“这样就不会有人知道我跟你说了些什么，”他答道，“而且晚上也没什么事情可做，不如写一两句警句。”

“还真是兴趣广泛。”

“我会练习可以在重大场合演奏的赋格曲，当然，我还要练习发脾气，我发现这两样很能震住人。”

“你还要练习驯蛇技艺，”她说，“珠儿跟我说过你的蛇，如果我没记错的话。”

“于我而言，知识分子所说的文明陨落之时，正是创立新宗教的好时机，”他平静地说，“如果他们不接受蛇作为符号，我最终也会找到他物替代。我基本延续了英国教会的程式，这很适用。宗教是推行阶级的工具，许多人受到召唤，却只有少数是选民。受此矛盾的激发，我们将远离这粗鄙的野蛮，去向那无邪的原始本质，建立起新的国度。听我读这一句。”

他拿起一本夹了许多书签的书快速翻阅起来，很快便找到了他想要的句子。他清了清嗓子，大声朗读道：

“可以指靠的激情是畏惧。这种激情有两种十分普遍的对象，一种是不可见的神鬼力量，另一种是失约时将触犯的人的力量。”[1]

“我父亲有那本书，”玛丽安说，“不过他不怎么喜欢。”

“那他肯定希望建立最好的社会形式，”多纳利说，“他不需要创造权力系统，也不需要想尽办法用可利用的资源巩固权力系统。他有仪式和传统做支撑，但我需要发明这两样东西。我想婚礼如果在晚上举行会更有气势。我为你备了一件非常吓

---

1 ［英］霍布斯：《利维坦》，第一部分第十四章《论第一与第二自然律以及契约法》，黎思复、黎廷弼译，杨昌裕校，北京：商务印书馆，1985。

人的裙子，一切都准备好了。你要知道你没有选择，不结婚，就上火刑架。[1]”

他再次对她微笑，接着拿起蜡烛，轻快地走到墙边。他举起蜡烛，照亮石头中的裂缝，她看见裂缝中有一具露齿而笑的中世纪骷髅，它举着一条石质横幅，上面刻着一句格言：“吾在，汝亦在。”玛丽安对着博士勉强一笑便匆忙冲出房间，一路上，她都能听到他那节奏分明的笑声在回荡。

外面阳光灿烂，赤身露体的孩子们在露台上和蔷薇园里玩着捉迷藏。玛丽安从前门出来，四下一片惊叹，孩子们随即散去。格林夫人的孙女下楼梯时走得急绊倒了，一直滚到高高的草丛里去，哀号连连。玛丽安走下楼梯，扶起那孩子，将她肚子缝里的灰尘掸掉。珍板着脸。

“我希望珠儿教了你点规矩，”她说，“我希望他娶了你以后会用拳头揍你。”

“消息传得真快，”玛丽安说，“谁告诉你他要娶我的？”

“我希望他把你关在笼子里，就像关蛇一样，”那孩子说，“我会拿棍子往里面戳。”

她眯着眼恨恨地瞪了玛丽安一会儿，突然觉着没意思，便将脏兮兮的大拇指塞进嘴里，往蔷薇丛里走去，那儿她的朋友

1　原文为“It’ s marry or burn.”，《新约 · 哥林多前书》中有一句“it is better to marry than to burn”，意为“与其欲火攻心，倒不如嫁娶为妙”。此处化用该句，burn 有双关意。

们在玩新游戏。风中凌乱的蔷薇下落红飘零，如此这浪漫的场景，孩子们却在向呆子投掷石块。他蜷伏在一棵白色蔷薇树下，蔷薇树在阵阵乱石的惊扰下撒下花瓣，落得他全身好似覆盖着一层白雪。他正用手护着眼睛。

“我看得见你们！”玛丽安恶狠狠地吼道，扒开带刺的树枝瞪那些孩子。他们又一次散去，有个小男孩摔了个狗吃屎，哇哇大哭。

她走进草地，往河岸去，小马驹和成年马正在吃草。马儿抬起头，冲着她吸了吸它们那天鹅绒一般的鼻子，它们温柔的眼神让她安心，但是这座山谷中人类的痕迹却让她悲伤。阳光下，从屋顶倾泻而下的紫色千屈菜如同大自然昭告胜利的旗帜，它要让所有人知道这房子为它所有。她沿着河流往上游走了一会儿，在河流与森林的交界处，她看见了贝儿。他正骑马站在河里让马喝水，他穿的衣服比那些孩子多不了多少。

他没看见玛丽安。他的黑发从脸前垂下，遮住了刺青的纹样，他的手指在枣红马的黑色鬃毛间搓捻。他正自顾自地唱着一个简单的曲调，不停地重复一句三全音乐谱，好像已经忘了自己在唱歌。他的骨头尚未长成棱角分明的盔甲，难以撑起他柔软的脸颊，他细长柔嫩的棕色双腿在马的腹部两侧随意晃荡。贝儿还处在发育期。他骑马往下游蹚去，深水中的芦苇在马儿面前分开，玛丽安不禁倒吸一口气，因为眼前这位骑马人仿佛由最本真的自然之手捏出，他是一头比一般野兽瘦弱却更敏捷的野兽，所有物种中构造最奇异的野兽，人类的本质化身于他最为纯真的躯体内。作为玛丽安的同类，他倒更像是河流的亲人。他闭着眼睛，也许在做梦，她无法揣测野蛮人会梦什么，除非她自己是他们的梦的一部分。

“我以为野蛮人的生活会简单些。”玛丽安自言自语道，自觉孤苦无依。

“你为什么留下？告诉我真正的理由。”后来她和格林夫人单独在厨房的时候问道，格林夫人正在用一个黑铁锅烧水，好给玛丽安洗澡。格林夫人用手肘搅着水试水温，水面荡起涟漪、涌着泡泡，她笑了。

“他们的靴子在我心里留下了印记。”她说。

“第一次看见他们的时候我还是个小女孩，他们驾马飞驰进村子，每个人都很惊惶，一个人杀了我哥哥。但就算在那时候我也知道，骑马人打不过训练有素的士兵。”

“他们从来没有赢过，不过他们也不需要不是吗？只须趁乱抢回我们需要的东西，比如面粉，就行了。”

“恐惧是他们最厉害的武器，所以他们需要化装打扮，让自己看起来神神鬼鬼不像人。”

“噢，是的，”格林夫人说，“一场原始畸形秀，五颜六色的。你最好在这儿洗，我去门口把着不让人进来。你肯定不愿意让人，比如约翰尼，把你全身上下看得清清楚楚。”

玛丽安把这一大锅水放在桌子上，依次洗胳膊和腿。格林夫人给她一块肥皂，这是她这么多年一直藏在行李箱里的，就是为了这样的日子能派上用场。野蛮人自己不会做肥皂，也很少需要用到肥皂。她洗胳膊的时候，厨房里的光暗了下来，她抬起头，却发现那没了链条的呆子正坐在窗台上朝她打手势、做鬼脸，吓得她轻轻叫了一声。格林夫人生气了，跑到后院去把他嘘走，玛丽安拿裙子裹住身体，跟着她出去。那孩子正在地上打滚，格林夫人想把他握紧的手指撬开，他像是藏着什么不想让她看。

“这是送给教授村姑娘的，”他说，“是一份结婚礼物。”

“我来了。”玛丽安说着在他身边跪下。

他立刻安静了下来，坐直身子。他的链条和项圈依然挂在狗舍上耀武扬威，但是有人给他脖子上的伤口涂了油。他抖着身子咯咯笑，他的一只大手掌捂住脸，另一只将东西塞进玛丽安的手里。他所说的礼物是几棵草和几片捏皱的蔷薇花瓣。

“谢谢你。”玛丽安看着他躲闪的眼睛严肃地说。

“这是我能找到的最好的东西。”他说。他的声音和他父亲一样纤细，发音惊人地标准。

“你父亲要是看见你在这儿乱晃，得把你打个半死。”

“他说我可以出来的，虽然他不高兴珠儿把项圈卸了。他说我可以随便闲逛，因为今天是个特殊的日子，珠儿还给我的伤口涂了油，他说今天是他的大喜日子。”

“好吧……”格林夫人疑惑地答道，狐疑地低头看着他，

“但你不可以随便就往窗户里面看。乖乖的，去躺在狗舍里，我给你拿点吃的。”

他爬进狗舍，叹了口气，坐在一堆脏稻草上。

“我等会儿可以吃点结婚蛋糕吗？”

“这年头没有什么结婚蛋糕了，我们已经好多年不吃结婚蛋糕了，你倒是从哪儿听说这种东西的？”

“我不知道，”孩子说，“听人说的吧。”

他突然又叹了口气，接着开始自慰。格林夫人吓得嗷嗷大叫，慌忙把玛丽安领回厨房，玛丽安用有些凉了的水继续洗澡。

“他不呆，”玛丽安说，“任何人被拴在链子上都会变成那个样子。”

“他小时候可好玩儿了，总是淌口水，还总是发脾气，就像他爸，脾气大得很，嘴里吐着唾沫，牙齿狠狠地咬。真不敢想一两年以后他开始想姑娘了会怎样。他们有时候会出来跟他玩、捉弄他，真讨厌，多纳利还打他，打得可狠了，就好像是他的错一样。”

她帮玛丽安擦干身子后，带她上楼进房间，点起火。她们出去的时候，有人把一个大铁箱放在地上。

“那里面是我的婚纱吗？”

“我猜是的，亲爱的。”

“典礼什么时候开始？”

“日落时分。”

格林夫人拿出梳子给玛丽安梳起头，她看见她头发的样子似乎心中不悦。其实玛丽安一直鬼鬼祟祟地用小刀修剪头发，以防长虱子。

“女孩子可不该留这么短的头发，”她说，“他们为什么剪你的头发？”

“我自己剪的。”

格林夫人愣住了。

“你是个怪孩子，肯定融入不了集体吧。”

玛丽安坐在床垫上，胳膊环抱双膝，闷闷不乐地思考着接下来她会怎样，一切都不由她自己决定。

“格林夫人，打开箱子，让我看看我的裙子。”

格林夫人掀起嘎吱作响的箱盖，剥开一层层黄色薄纸，纸片在她的指间褶皱破碎，化为尘埃。将纸屑捧出之后，她的手向盒子深处挖去，掘出一条玛丽安只在遗留下的战前照片中见过的婚纱。她从床上下来，爬近盒子，满怀惊异和厌恶地看着里面的东西。

婚纱的上半身是绸缎质地的紧身胸衣，如今满是裂痕。白色的紧身长袖足以遮住手，望不到尽头的裙摆上罩着一层年久泛黄的薄纱。头纱好长一段，顶部绣着一小串假珍珠花环。大多数珍珠的表面都已剥离，成了白玻璃球儿。格林夫人将婚纱铺展在床上，若有所思。玛丽安捧起裙摆的一角，布料如同那些纸片，在她的指间震颤着化成尘埃。层层叠叠的裙摆上，每一褶里都残留着霉菌的暗块，发出陈腐的霉味儿。

“真是滑稽透顶！”玛丽安说。她忍不住大笑，格林夫人也笑了，虽然笑声中透着隐隐的不安。

“噢，这裙子会令大家震惊的，”她说，“他们以为教授们在自己家里穿的就是这种衣服。”

“我穿太大了。”

“不会有人发现的，这件再合适不过，肯定能震慑全场。”

“既难看又恶心，”玛丽安说，“而且肯定有很多细菌。”

“这我就不清楚了，”格林夫人说，在门口徘徊，“我得走了，亲爱的，我得准备待会儿的晚宴。”

“庆典，”玛丽安冷冷地说，“庆祝。”

“就照我说的做，穿上裙子等着，”格林夫人突然没了耐心，生气地说，“到时间我会来接你。”

玛丽安听见她用木头把门抵住，知道自己又被关了起来。她回到壁炉边，尽可能远离那件婚纱，因为她总忍不住想看它。屋子里渐渐暗了，婚纱散发出月亮般的银光，薄纱似乎在吐丝，如同一株正在投射轻盈孢子的苍白菌株，正在进行中的感染变得肉眼可见。瘟疫病毒在写着名字的培养试管中，也许可以寄居于荒城的荆棘丛中许多年，无声无息地在眼前这个贴着异国贴纸的潘多拉之盒里存活下来，从前异国可不是人类的想象，巴黎曾经存在过，理性女神也曾一度为人们所崇拜。

她继续往远离婚纱的方向退去。它是恐怖的化身。曾经有其他年轻女子在她之前穿过它参加旧式婚礼，人们吃蛋糕、喝酒、祝词，天空中绽放雨伞般的焰火。玛丽安紧紧贴着墙，面朝下趴在地板上，死死闭住眼睛，握紧拳头，试图让自己进入超然状态，因为她感到那件破碎的时代错位之物正威胁着她。屋子里几乎全黑了，但那件婚纱依然可见，它莹莹地散发着幽光，如清冷的白霜，如夜星的绿光，这时格林夫人拿着蜡烛匆匆赶回。

她面色涨红，气喘吁吁，身上萦绕着燃烧的脂肪和烤肉的浓烈味道，围裙上斑斑点点，头发几乎散落下来。

“你早该把婚纱穿上了。”她厉声喝道。

这位笃定的老妇人轻轻拿起婚纱，以沉重、坚决的步伐走到玛丽安身边。玛丽安知道自己无能为力，必须忍气吞声，她不自觉地开始脱衣。她颤抖、出汗，愤怒——而非恐惧——依然占据着心中的制高点，她成了一个愤恨的哑巴玩偶，任自己被吞食淹没。绸缎质地的上身从她的肌肤上滑过，触感如同冰浆，裙子好似一片波光粼粼的湖，展开的大小有方圆数码。格林夫人拿着针围着她飞速穿插，终于，面纱遮住了一切，连同玛丽安的脸，她终于被改造成功，成了一捆上年纪的布料，随着每一个动作喷射、解体。绸缎发出噼里啪啦的声响。

“结婚仪式得快点结束，不然线会裂开，整件裙子都会碎了。”玛丽安说。

格林夫人后退到屋子的另一边，从上到下打量着眼前这个米黄色飘浮的幽灵。头纱如瘆人的流光飘动着，玛丽安伸出细小苍白的活人手拉住它。

“好像的确不太好看，是吧，”格林夫人说，“虽然我不是个迷信的女人，但……”

玛丽安在绸缎袖子上发现了一处污渍，大约是之前那位新娘穿着时洒上了什么，也许是酒。想到也许那个女孩被洒到酒时很开心，玛丽安心中熊熊燃烧的怒火平息了一些，随即她被一股悲伤攫住。

“你觉得最初穿这件婚纱的是谁？”她用食指缓慢甚至可以算是温柔地抚摸着绸缎，仿佛在请求婚纱原谅她不喜欢它。

“那样想下去是要发疯的[1]，”格林夫人提醒她，“噢，老天，这会是一场好戏，一场好戏。他已经把房间布置好了，到处都是蜡烛、鲜花。蛇被关在了小笼子里，等着看吧，他会用小笼子里的蛇演一出好戏。”

“今晚那条蛇是作为生殖崇拜吗？”玛丽安问。

“这我不清楚。”格林夫人说着脱下脏围裙，解开裙子。她里面穿着一件用床单做的、样式正统的高领衬裙。她从自己的箱子里找出一条和之前那条相似的干净裙子穿上，用手抚平褶皱并娴熟地绾好头发，这样一切便就绪了。不过她看起来似乎

---

1 ［英］威廉·莎士比亚：《李尔王》，第三幕第四场，朱生豪译，南京：译林出版社，2013。

有些悲伤。

“我为教授们工作到比你现在还大，我一直觉得他们那群人没有感情，”她突然说，“好好待我的珠儿，友好点。”

“友好？”玛丽安困惑地大嚷，“友好？”

“看吧，”格林夫人得意中隐藏着一丝悲伤，“你不懂。”

“就在昨天，他还粗暴地压在我身上。他的手是屠夫的手，眼睛好像是魔术镜，只能从里面往外看，外面却看不到里面。我们没有一点相似之处，现在你让我友好地待他！”

“你一点都不懂，”格林夫人重复道，“来，做出吓人的表情，他们以为你与常人不同。不过你这样本来就挺吓人的了。”

玛丽安嫌弃地撩起肥大的裙子，格林夫人抿着嘴一副不高兴的样子，可她还是同情玛丽安的，这一点最让玛丽安心堵。

古老的礼拜堂里满是穿着破布衫和毛皮的野蛮人。他们身上的玻璃、金属、骨头质的箍、扣子和项圈，在石雕上的数百根蜡烛的映照下熠熠生辉，蜡烛的亮光点燃了房间，一切都清晰可见——旗帜、管风琴、石雕、诵经台、摆满蜡烛和蔷薇的圣坛，以及一个蓝袍女人的彩蜡肖像，由于年久日深，彩蜡熔化变形，女人看上去有些水肿。花园里的每一朵蔷薇都已采下，布置在了礼拜堂里，它们堆积着，正逐渐凋零。空气中弥漫着久未洗澡的体味、蔷薇味和蜡烛味，像奶酪一样腻。部落里的所有成员齐聚一堂，静默不动，婴儿吸着母亲的胸脯不发出一点声响，孩子们扒在裙子后面，从双腿形成的森林里窥视那个来自异世的鬼魂。她穿着如野蛮人的不幸一样年久的裙子，步步小心地从他们中间穿过。玛丽安的出现立刻引起一片衣服的窸窣，除了珠儿的几个兄弟，大家都做出抵挡恶魔之眼的手势。

她已然料想到会有意外之事，但依旧被多纳利那怪异模样惊到。他如同一只怪诞的大鸟伏在圣坛上，脸上戴着木头面具，面具上涂着蓝、绿、紫、黑的色块，还画着深红色的圆点和猩红色的条纹，只露出他粗硬的阴阳胡子，从头到脚披着一件羽毛织成的长袍。他怀里抱着一个塑料和铁丝做的笼子，是战前养虎皮鹦鹉的那种鸟笼，上面缠绕着塑料花，因年代久远而开裂变形，笼子上还装饰着缎带和羽毛，大概是为了遮住里面的蝰蛇。她想多纳利会不会在典礼的最后将蛇附在她的胸脯上，模仿被阿斯普咬的克利欧佩特拉[1]。这鬼魅的遐想惊扰得她手心出汗，她赶紧偷偷在裙纱上蹭掉。她光脚踩在铺了灯芯草的地板上，这触感无比古老，如同冷水的味道一样悠久。

那兄弟几人一起站在多纳利身后，他们再次装扮成梦魇化身的模样，恰如她第一次见到的野蛮人的样子。他们都画着黑色的眼圈，白色的额头和嘴巴，红色的颧骨，长发编成繁复的式样垂下，如同古埃及法老戴的假发。他们全身佩戴着镶了宝

---

1 克利欧佩特拉七世，世称“埃及艳后”，古埃及托勒密王朝末代女王。据文献记载，她是自杀而亡，自杀的方法说法不一，有传闻说她诱使毒蛇阿斯普，即埃及眼镜蛇，咬伤自己而自杀。

石或金子的花哨珠宝，那些珠宝都是从废墟的最深处挖出的，擦拭或重熔后如今又光彩熠熠。最小的三人还佩带了几件武器，但是珠儿只穿了一件挺括的、纺了金线的猩红色大衣，恐怕曾经是主教的服饰。他像大洪水之前的王或亚当之前的苏丹一般，气宇轩昂，散发着异域风情。多纳利肯定洗劫了博物馆，也许他从前是历史学教授。

珠儿的头发里编了金穗带，插了羽毛，耳朵上戴了长长的刻着花纹的银耳环。他涂画过的脸上栖息着块块阴影。他如同一件艺术品，创造而出而非降生于世，在这片被荒诞审美统治的荒原上，他是身份尊贵的公子。他的样貌与他的身体分离，他被塑造成了一个符号。他是英雄这个概念的符号，而她则被迫扮演新娘的符号。虽然她清楚自己是在扮演，她却不确定珠儿是否在扮演，还是他已成为符号本身，他那异域脸庞的每一条轮廓都在倾诉着傲慢和轻蔑，她无法判断这傲慢和轻蔑是否出于真实。

“诸位，”多纳利用浑厚的声音说道，“今日我们齐聚一堂……”

他诵读公祷书或是其他书都一样，因为无论他说什么，这帮野蛮人都不会理解，他们只能听懂他那音乐般悦耳、僧侣般庄严的声调。面具之下，他的声音传递出神秘的空旷之感，整个部落叹息着。玛丽安正站在笼子边，她能看见那斑蛇正安详地沉睡。那兄弟几人一动不动地站着看她，如同洞穴上的壁画，她庆幸能有面纱遮脸。这时有个孩子也许是觉着无聊或是害怕了，哭了起来，几个女人嘘他也没能止住他的哭声，于是便拉他出去。门一开，狂风骤然袭来，掀起玛丽安的面纱，恰好裹住多纳利，附在他的木头眉毛和羽衣肩膀上，仿佛一场突如其来的降雪。

酝酿好的演说突然被打断，他愤然将面纱掸到一边，她的脸露出一部分。接下来，珠儿需要俯身向她，用食指上的第一枚戒指——一枚系着死人毛发的印章戒指——娶她。那枚戒指松垮地挂在她的左手无名指上，于是他干脆把它硬套上她的大拇指，弄伤了她的关节。他抬头盯着她看，她这样轻易地得到这枚意义重大的戒指似乎让他不高兴了。这是他第一次从另一个角度看着她，她的脸一半埋在阴影里，这时他眼睛里的棕色圆盘逐渐放大，瞬间向她传递出了信息——一闪而过，惊骇万分，他认出了她。他像被烫到一样丢开了她的手。与此同时，仪式依然进行。

她发现多纳利已然兼收并蓄，创造出了独具一格的仪式，或许也从印第安文化偷了师。他张开臂膀，点点他的木头脑袋，模仿大翼蛇整羽的模样。他美丽的羽衣此刻如同翅膀，如同天平。顷刻间，整个部落乱了形，蜂拥到圣坛边，想看看接下来会发生什么。不过，他们依然与玛丽安保持着足够的安全距离，虽然这安全距离也在逐渐缩小。珠儿已经闭上了眼，她看不见他的眼睛，汗水晕开了他额头上的油彩。他拔出剑，猛然伸向她，似乎要刺穿她，她不自觉地往后一退。他猛地睁开眼睛，做了个鬼脸，抓过她的手，她扭动、挣扎，她想叫，嘴巴却被飘荡的面纱堵住。多纳利的爪子抓住她的胳膊，她只得停止挣扎，无助地凝视着珠儿伸向她手腕而来的利刃。他割了一个小小的口子，几滴血流下。还好比她预期的好很多，不怎么疼。礼堂里一阵惊叹的嘘气声，他们都迫不及待想看她的血有多红。

珠儿将刀递给约翰尼，约翰尼像珠儿割玛丽安一样，割开了珠儿的手腕。珠儿的手颤抖得厉害，刀子划开一条参差不齐的伤口，血液从他的棕色皮肤里涌出。她发现他在竭力忍住笑，因为多纳利正在主持仪式，将他们二人的手合在一起，好让血融合。血水洒在了她的婚纱上。仪式圆满结束，珠儿用手捂住伤口，多纳利跳起大喝一声，接着蹿进人群中，吐着唾沫咿呀乱语。

他打滚、跳跃，如同一条汹涌的大河，断断续续地喷吐着泡沫、发出声响。整个部落的人贴紧墙壁，给他留出空间。许多孩子哭了起来，他们的父母则惊惶地睁大眼睛。他发癫的样子如同弹奏管风琴，伴随着一段又一段巴洛克变奏，直到蜡烛烧了一半他才停下，而那蛇始终在沉睡，甚至连多纳利贴着笼子翻滚、摇晃时都不曾醒来，玛丽安不禁怀疑那到底是真蛇还是填了肚子的蛇皮。

多纳利躺在一堆羽毛中，精疲力竭。羽毛散落满地，屋子里的人和他一样疲惫，仿佛与他一同经历了这次精神错乱。他最后扭了几下，终于不再动了，人们缓慢地离开房间，只留下新郎和新娘、那兄弟几人还有格林夫人。那兄弟几人漫不经心地站在那里，挠着痒，打着哈欠。

“可怜的珍，”格林夫人说，“她从没哭得这么厉害过。”

“给我点绷带，不然会死人的。”珠儿说。格林夫人找来一块手帕给他包扎手腕。

“接下来是晚宴，”他继续说，眼睛看着她包扎，“一场婚宴。”

倒在地上的“始祖鸟”又利索地站了起来。

厨房的桌子上摆满了大饼、肉块和一壶壶他们自己酿的劣质酒。玛丽安尝了一口，忍不住吐了出来。狗和孩子们在地上推搡着争夺掉落的食物，玛丽安端正地坐在桌子的一头，身子笔挺，面纱撩起，每个人都能看见她的脸，珠儿则坐在桌子的另一头。他把盘子里的食物喂给小狗吃，自己只是喝酒。金红色大衣在手肘处隆起雕像般坚挺的褶子，他看起来像纸牌上的国王。他觉察到了玛丽安的注视，随即转过脸去，死死抠住桌边，关节挣得比脸上的白油彩更白。

多纳利绕着桌子盘旋，满身的羽毛拂来掠去，他笑呀、说呀、讲笑话，把面具连同巫术都留在了礼拜堂里。他的欢声笑语感染了在场的野蛮人，他们也融入节庆的氛围中。他们与婚礼上的普通农民并无分别，围绕着熊熊火光欢欣庆祝，气氛淳朴祥和，这场景如同任何一个时代的任何一次婚礼。不一会儿，乐声响起，多纳利拉起小提琴，一位老人吹口琴，还有两三个孩子咬着牙弹口簧琴。人们开始跳舞。那兄弟几人如黑暗中的火光，身上的金属饰物映射出耀眼的光斑，在墙上来回晃动，而他们的兄长只是静静地坐着，仿佛消失在了猩红色大衣的深渊里。那鲜艳的色块已成了他的身体，如果解开大衣，可能看见的只是大衣的另一面，中间根本没有他的身体。

“你得去睡觉了，”格林夫人对玛丽安说，“他们还有的喝呢，你去珠儿的屋子吧。”

“他们会过来观看‘行刑’的过程吗？”

格林夫人困惑地望着她，摇了摇头。

“哦不，亲爱的，他们不会打搅你们。你以为会怎样？排队围观？”

“什么情况我都想过。”玛丽安说。

珠儿的屋子在最上面，是这座房子最古老的部分。玛丽安穿过礼拜堂上方的长走廊，走过尽头的低拱门之后，发现自己身处一座塔之中。陡峭的螺旋形楼梯蜿蜒而上，台阶因年久失修已微微倾斜，她循着格林夫人手上熔流的烛光，紧贴着墙壁走。这里没有其余的光亮，楼梯旁开着门，里面飘出阴冷、陈腐的空气，那些屋子连野蛮人都不肯住。砖石在她们的脚下颤动，她感觉到墙壁越来越潮湿，上面的苔藓渐渐厚密。她的手时不时触碰到一丛丛滴水的植物，而她光着的脚则已踩过各式各样看不见的、湿漉漉的东西。她们逐渐临近塔顶，烛火所见之处，前方、后方、举目四周，都是黑色砖石。

“这地方大风天会不安全。”玛丽安观察后得出结论。

“啊，是，但这里隐蔽，”格林夫人说，“就随他吧。”

玛丽安感觉到脚下似乎有风，仿佛自己在爬向月亮。终于她们到达了一扇小门前，玛丽安得深深弯下腰才能进到珠儿的房间。他似乎喜欢露天空间，大部分屋顶都已塌陷，露出一大片深邃的蓝色夜空，镶嵌着繁星点点。格林夫人把烛台放在靠墙的木箱子上，烛火稳定下来后，玛丽安发现森林已侵占了屋子的不少空间。

一颗随风而来或从鸟嘴中掉落的红莓在角落里生根发芽，如今已出落成矮壮的灌木，它强健的枝干上挂着珠儿没戴的项链、几件衣服和一些刀。地上散落着碎石、落下的瓦片，还有沉积多年的枯碎叶，起伏如涌起的波涛，不过他还是清理出了足够的空间安放床垫和木箱。床垫上堆满了一张张毛皮，这是原始部族婚床的规制，木箱子上放了几个小罐子、一碗水、一条毛巾、一把断齿的梳子和一把剃刀。老壁炉已修好，炉膛中备好了一些干木条。小拱窗的厚玻璃竟依然完好无损，这算是千载难逢的运气，珠儿已将它擦拭干净。玛丽安透过窗户看见了森林上空一弯苍白的新月。这里远离厨房和房子里庆祝的人群，风在屋顶下轻柔低语，她听见墙里有耗子发出巨大的声响。

格林夫人从蜡烛上取火，点燃了壁炉。玛丽安用刺骨的冷水清洗割伤的手腕，她的血，抑或是珠儿的血，她分不清那是谁的血，在水中丝丝缕缕地荡开、旋转，不过伤口已经凝合。格林夫人从她头上摘下面纱叠好。

“烧了它。”玛丽安说。

“烟囱会着火的。”

“烧了它！”

格林夫人耸耸肩，只得把面纱塞进壁炉里去，面纱瞬间燃起火焰，接着又迅速熄灭，只留下纱网的灰烬泛着火星。玛丽安得意地步出残破的裙子，将它也扔进壁炉里。裙子消失在燎起的熊熊大火中，化为一团黑灰坍塌，裙子上的玻璃球，那些曾经的珍珠，在火焰里跳来跳去，好似痛苦的昆虫。全部焚毁后，格林夫人用棍子戳了戳那堆难以辨认的残迹。玛丽安瑟瑟发抖，她看见格林夫人已将她的一件睡衣摊在了床上，那是一件宽大的、颈边绣了蕾丝的法兰绒罩衫，她拿起穿上。

“滴血联姻，没人告诉我会有这个仪式。我完全没想到他们会这么干！我吓坏了，真的。他究竟知不知道自己在干什么？”

“我明白，那场面是挺吓人的。”

“那当然，简直太过分了。我以为他要杀我呢，把我切了，煎了，做成圣餐发给部落里每一个人。”

“你真以为会这样？”格林夫人惊诧地问，“噢，那不可能发生，只要布拉德利家族还当家做主。”

玛丽安从床上拿了条毯子，铺在壁炉旁，跪在上面靠近炉火温暖自己冻僵的手。

“珠儿喝醉了。”她说。

“噢，是的，”格林夫人说，好像早已料想到，“他也心情不好。我可怜的孩子，我那可怜的孩子天性忧郁。”

“别伤感了，蠢老太婆。你们这些母亲就是要在婚礼上多愁善感，都成传统了。”

这些话不小心召唤出玛丽安母亲的鬼魂，她是因为太爱儿子才死的，玛丽安沉默了，转而拨弄起毛皮的边，这该是张兔子皮，甚至可能是兔子幼崽的皮。她以前在笼子里养过一只兔子，用蒲公英叶子喂养，那时她四岁，野蛮人还未出现。那时她还是个孩子，关在安全的白塔里，铁丝网外是走投无路的蛮夷，她生活在极度理性的环境里，就连她的白兔死了都须剖开来勘查死因。

“我母亲一直都最爱我的哥哥。”她轻轻对格林夫人说，格林夫人凝视着炉火，不知为什么烦扰，脸上堆起皱纹。玛丽安靠近她，希望从她那里寻求慰藉，尽管她知道格林夫人除了说些没用的老谚语外也没什么办法。

那截小蜡烛的灯芯倒在油脂中，火苗熄灭了，房间里只剩下壁炉的火光。铰链声响起，门猛地关上，房间的微妙平衡被这晃动打破，仿佛要抛锚一般从塔顶掉下去。珠儿来了。他手上拖着那件猩红色大衣，大衣已沾染了污渍。他将大衣摊在一堆碎石上。他没看他的新娘和继母，径直走向水盆洗了脸，甩出的水珠形成一道瀑布，然后他用毛巾擦了擦脸。玛丽安想，他的五官也许会连同油彩一起脱落，她即将面对的也许是个没有眼睛的圆润肉蛋。事实上，他只是又变回了自己，如果这是真实的他的话——一张不安、阴沉的脸。他身上散发出焦虑的气息。格林夫人紧张地站起身来。

“那我走了。”她说。

珠儿没回答。他取下银耳环丢在地上，玛丽安坐直身子，汗毛竖立。空气中电荷碰撞，他向四周散射出敌意，她则渐渐开始享受这件事了。枯叶在地上游走。格林夫人从壁炉里抽出一根燃着的木头，她担忧地瞥了一眼这对怒目相向、虚张声势的年轻男女便擎着火把离开了。门在她身后重重关上，回荡的关门声中，一串穿着银币的项链从树上掉下。玛丽安决意开启攻势。

“好一场闹剧，”她尽最大努力挑衅他，“荒诞至极。”

他咕哝了一句就去侍弄蜡烛了，可蜡烛依然没有变亮。在周身细碎的叮当声中，他朝壁炉走去，面无表情地走过她，然后盘腿坐在毛皮的最边上，整个身子蜷缩成一团。他试图解开缠结的羊毛衫，却笨手笨脚的，皮带扣像生锈的锁一样卡住了。

“给我梳头。”他命令道，她很高兴他的脸上敌意重重。

她从木头箱子里拿出梳子，以嘲弄的姿态蹲下，然后将他林林总总的小辫子解开。无论如何她无法否认他异域的样貌美极了，几点黑色油彩残留在他的眼角，眼皮呈现出令人惊异的厚度。她解辫子时，氛围逐渐缓和。他无尽的黑发从她的指间滑过，那摩擦、柔光和重量在一次又一次的重复中增加了他们之间的亲密感，这亲密连同这一日怪诞的仪式几乎要让她窒息，她从未料到会有这样一刻，一遍又一遍的动作仿佛超越了时间。呛人的炉烟熏得她眼睛疼，角落里有一棵树，它光洁的树叶闪烁着，如同远离尘世的天中明镜，她感到一阵眩晕。她意识到自己太累了。

辫子解完后，她顺手梳起他的头发，那长发如黑色瀑布般壮丽，如鬃毛般粗硬、顺直。他的头不自觉地顺着她的手轻轻晃动起来，好像很享受，她的动作也变得越来越柔缓，节奏越来越绵长。晃荡的戒指从她的大拇指上掉落，滚出好远，这静谧中的突然一响将她惊醒，她立刻用胳膊圈住他的脖子，将他的脸压进她的胸脯，她再也等不及了。

他也一直在等待。他随即攫住她的手腕，将她双手反扣压在皮毯上，像是早就准备好迎接这一刻。他俯在她身上，说：“我恨你。”

她不欣喜也不诧异，他的话原本就在她的预料之中，如果他说的不是这句，她反而会被吓得不知所措。于是她平静地等待他松手。她发现他的前臂内侧戴着一枚坚硬的宝石，上面还留着干了的血渍，脖子上晃荡着一大串玻璃珠子，珠子中间是一枚蓝色珐琅吊坠，是圣克里斯托弗头像。这吊坠如果不是为了保佑旅途平安，便只是作为普通装饰戴着。

“我恨你。”他轻柔地重复了一遍。她隐约听见，一记猫头鹰的鸣叫，一声马的嘶鸣，外面一个女人发出一声尖叫，接着又大笑。

“为什么？”她好奇地问，她很感兴趣。

“因为，因为，因为……”他松开她，再次坐直身子，好像从未动过一样，双手捂住脸。她抚摸着他的手腕。

“因为你们从天地形成之初就开始憎恨我们了？”

他摇摇头。

“因为我比你聪明？”

他被戳到痛处，回了一句“才不是”就又陷入沉默。

“你喝醉了，”她生气地说，“睡觉去，我们明天再说。”

“不，就现在说，”他说，“既然你会阅读，那你读读我吧。我很早就见过你，在你救我之前。”

他将头发捋到后面，好像要把脸放在盘子上呈给她。他的脸此刻呈现出不同以往的荒凉之美，如奇形怪状的畸形一样令人恐惧。她的心沉了下来，她认出了他，尽管他已完全变了模样。

“你那时候小多了，”她说，“看起来更像贝儿，而不是现在的你。”

“是的，我那时十五岁。”

“你杀死的是我哥哥。”

“嗯，我猜到了。”

“我一切都记得清清楚楚。”

“你好狡猾，掩藏了自己的身份，我说的对不对？你剪掉头发，但你想不到我还能认出你，我猜，当年那个严肃的小孩儿是来向我索命的。”

玛丽安后退到房间的另一边，一直到了挂满首饰的那棵树边才止步。

“你的眼睛像冰水一样凛冽。”他说。他从皮带上抽出一把刀扔向她，她抓住了刀的手柄。他向后倒在毯子上，撕开上衣，向她袒露他的胸膛。

“你是现在杀我还是再等一会儿？”他问。

“无所谓。”玛丽安不耐烦地说。

她丢下刀，她并不想杀他。最初的惶惑之后，她已没有了复仇的欲望，她只是愤恨不安，因为他闯入了她最私密的空间，偷走了她最珍贵的财产——她的记忆不再为她一人独有，也成了他的所有物，她并没想邀请他共享。不过，五朔节阳台之下的那件事情与他们俩似乎已没什么干系，因为她现在成了另一个人，一个新娘的化身。既然她和那个凶手被赋予了新娘和新郎的身份，她觉得现在唯一该做的便是遵循仪式，同床共寝。她恢复了平静，从枝条的阴影下走出。

“你不相信自己的魔力，却相信别人的，”她冷冷地说，“我看你一点儿也不聪明。”

他坐起来，蜷缩着身子，做出保护自己的姿势。

“我害怕我不了解的，”他说，“我觉得这没什么。”

“那么你不用怕我。你已经让我见了两次血，哦不，三次，目前看来，你比我强壮多了，你比我更占优势。”

面对那片蹲伏在微弱火光旁的阴影，她充满理性的话语（虽然论证并不充分）像是对牛弹琴，于是她不再说了。她抱起睡衣宽大的裙摆，昂首阔步走向床垫，躺在被子之间，干草在她的身下发出沙沙声。

“那个小女孩儿，差不多珍的年纪，从楼上向下看着，好像发生的一切是为她准备的表演。当时我心想：‘如果他们是这样看待死亡的，那不如早点死了。’”

她闭了一会儿眼睛。

“求你别说了，上床来吧。”

“我的克星。”他轻柔地重复。

“你真是个迷信的醉鬼，”玛丽安厉声呵斥，她决意要让他住嘴，“我不过是碰巧才睡在你的床上，也是碰巧就是你心存愧疚的那个人。”

他失控地大笑起来，接着又猛咳了几分钟才坐定，他的脸上交织着痛苦和愠怒。

“她可真是他们那群人的代表，”他对树说，“到死都要给人灌输她的想法。”

他直起身来跪在地上，把手伸向她。

“拉住我的手，领我去天堂的大门。”

“你为什么要用这些胡言乱语折磨我？”

“过去他们参加葬礼都要戴黑手套吧？多纳利肯定给我看过照片。我总是把死亡和黑手套联系在一起，但是现在没人戴黑手套了。”

“你是上床来还是就在地上睡？”

“领我去吧，来吧。”

她意识到只有把他拉上床来她才能睡觉，可是她和他之间隔了这一百里的战场——翘起的地板、成堆的破烂——他在那一头的火炉边，渺小得看不见，她既恼火又无奈。屋子里暗了下来。她不情愿地从床垫上起来，狂风在四周奔跑嬉戏，把她的睡衣扰得飘飞。这个屋子每一秒都有可能被风刮跑，在夜色中飞旋而走；抑或是吹成一个大气球，化为一个新的星球，他在一极，而她在另一极。到那一头似乎要几个小时，当她终于走到他身边时，他们惊恐地抓住彼此的手，好像都松了一口气。她把他拉起来，他周身的饰物发出清音，回荡在夜空中。

“符咒和护身符是用来抵挡野兽、恶魔和疾病的，”他说，“还有抵挡异民的箭、教授的子弹，谁知道还有什么危险。”

他扶着她的肩膀，把链子和挂坠解下放在地上。夜很冷，戒指如磅礴的冰雹从他的手指上落下，她将他拉上床垫。他解下首饰，又脱了衣服。衣服在他身后列成一排，留下赤裸的他，如初生的模样。他们从火光的边缘移向逐渐深邃的阴影中。她给他盖上被子，此时她更难以辨别哪里是黑暗的领地，哪里是他的躯体。

“我太醉了，干不动你。”他说。

“那我得谢谢你。”她厉声回道。他笑了，脸上洋溢着真挚的喜悦。

“你还挺风趣的，”他承认，“这话不够完美，但多少有点意思。幽默，我们可没什么时间练习这个。”

他们就这样达成了停战协议。他搂住她，也许是因为冷，也许是为了安抚她，又甚至是想拉拢她，不过无论因为什么，他们都怀着对一切恢复平常的感恩很快入睡了。当她再次睁开眼睛时，她发现他已经醒了，正伏在她面前用审视、猜疑的目光盯着她；夜已卷起它的厚毛毯，清晨从屋顶投射进来。她想：“也许父亲是对的，混沌比秩序更无趣。”她希望自己只是在做梦，但做梦是感受不到温度的，他的体温正在她的体表燃烧。

“我以为你会睡到很晚。”她说。

“我几乎没睡，”他回道，“我做了一晚上噩梦，出了一晚上汗，我经常这样，无论在哪儿。”

“你梦到些什么？”

“火，刀。”

“我根本不做梦，”玛丽安回道，语气有些刁蛮，“就算做过也记不得。”

“那你真幸运，不过，我敢说你是在撒谎。”

他焦灼的凝视让她好不自在，她最终不得不承认：

“好吧……我小时候会梦见野蛮人，睡不安稳，但却不至于盗汗和呻吟，至少不经常吧，就算发出声响也不是因为害怕。”

“有时候我会梦见自己成了教授的发明，他们将恐惧转嫁到我们身上，自己却在村子里过着平静的生活，不被恐惧打扰。做这个梦的那些晚上，我的叫声把整个部落的人都吵醒了。”

清晨兵分两路进入屋子，一路从屋顶倾泻而下，一路畏缩地从窗户侵入。狭窄的床垫上，她躺在他身旁，不由自主地靠近他，无关乎理性、意志或自知的欲望。他如同一块造型奇特的美石，吸引着她，她不禁研究起他的耳洞。她在父亲的书中读过那些关于男女之事的冷漠文字，看过那些用死去的语言标注的、挂在箭上的线形图，也听过父亲轻声细语地叙述其中的奥妙，虽然她爱她的父亲，却无法想象那个秃头老汉与已故的母亲会做那事。如今，她远离他的白塔，躺在一个美丽的陌生人身边，而那陌生人正一丝不挂。

“你怎么哭了？”

“我想起了我的父亲。”

空气好像全被他吸走了一般，她喘不上气来。虽然他对她做过那些事，她却无法自控地又向他靠近。一只鸟从屋顶飞入，停在一根挂着珍珠项链的树枝上。它扑扇着翅膀，清脆的歌声流淌而出。她惊觉，这屋子包含外面的世界，或者说它就是外面世界的一部分。她搂住他，爱抚着他，她的动作把鸟儿吓跑了。他将继母那件层层叠叠的肥大睡衣撩到她的腰部，去摸她的私处。她干脆把睡衣脱了扔到一边，好与他，或者说与他棕色肉体的魔力之源，更加亲近。她想，如果世间只有他存在，那这一定是虚假的世界。

“她把她最好的睡衣给了你，她总是说要穿着这件下葬。”

前一晚，他的脸由油彩和阴影构造而成，此刻它回归了从前分明的棱角，她却依然从他的眼睛里读不出任何信息。也许他在向她示好，也许他在试图了解她。这一次不疼。她的肉体体验如同飞机滑行一般，她之前从未听过、读过或感受过这样的感觉。她没有想过会有这样欢愉又绝望的亲密感。对于她的反应，他也许有些惊讶，但并没表现出来。他从她的体内出来后继续趴在她身上罩着她，继续用那审视的目光盯着她，似乎想要看清她眼睛里的组织和肌肉，甚至更细微的构造。他们这样抱在一起时，格林夫人进来了，手里端着一盘食物。她将盘子放在箱子上的水碗旁边，接着弯下腰去拾珠儿丢在地上的衣裳。

“看到你们相处得这么好我真高兴。”她看了他们一眼说道。她的声音很温暖，她似乎很满意。玛丽安惊慌失措，连忙将通红的脸蛋埋进毛皮，珠儿却无动于衷。他慢慢移开身子，从继母手里接过一把戒指，一个个戴上，有的手指一个，有的两个。天已大亮，屋子亮堂得像充盈着阳光和空气的泡泡。格林夫人指着盘子说：

“我给你们拿来了早餐，”她说，“我想这东西应该没问题，对你们也好。”

“什么意思?”玛丽安从被子里露出脸来疑惑地问。

格林夫人手扶着腰，柔软白皙的脸上露出难以捉摸的表情，像野蛮人出生的样子。

“今天他一大早就下楼来，真不像他的作风，给了我一小瓶东西，让我给你们这对幸福的小夫妻吃，就像他说的那样，好让你们生好多好多孩子。亲爱的，他一定觉得我好说话，我给那棕色母狗的崽子喂过这东西，它吃了之后一直打转，最后倒在地上死了。”

听了这话，玛丽安觉得浑身冰冷，好似太阳被遮住了一般，她爬回珠儿的怀里，格林夫人和他却忍不住大笑。

“可怜的老家伙，竟想出如此昏招，”珠儿说，“真是老得不中用了。”

“我记得他还说过这女孩儿给你下了毒。”

“不奇怪。”

玛丽安看看这个再看看那个，想不明白他们为什么这么开心，格林夫人弯下腰将毛皮从他们身上拉开。

“看看他，多可爱的小伙子，如果我年轻个三十岁……”

“四十岁，”珠儿说，“别装嫩了。”

他把玛丽安推到一边，伸手搂住那位老妇人，边笑边亲吻她的脸颊。玛丽安用手肘撑着头看着他们，目光比平常更为疏离。这时她看见珠儿背上有一块图案，那图案如多纳利笼子里的极北蝰一样绚丽，在他的黑发河流中闪耀。一开始，她以为那是某种古怪的疾病引起的，一定跟他的咳喘有关，便伸手去摸，但是珠儿正要去拿粥，又把她推开。他用手舀起一些那黏稠的透明灰色物质，对玛丽安说："仔细看着我，如果我喝下后死了，那你就别吃，去找约翰尼，让他照顾你。"

"别逗她。"

珠儿喝下了，没死，于是把粥递给她。她不想吃，便把碗放在了旁边的地上。

"把衬衫递给我，"他对格林夫人说，"我还是起床吧，好歹我见到了今天的太阳。"

格林夫人把衬衫扔给他，转身准备离去。

"她今天是要跟着我还是做点别的什么？我们得给她找点事做。"

"她想做什么就做什么。"

格林夫人点了点头出去了。她关门那一下把一小块屋顶震了下来，外面的鸟儿正高声齐鸣。

"你先别把衣服穿起来，转过来，不，躺下，脸朝下。"

他挑起眉毛，但依然听从了她的话。她拨开他窗帘一样的毛发，狐疑地用手指从上到下摸了一遍他描摹着图案的背。他的右背文了一个男人，左背文了一个女人，整条脊柱上是一棵缠绕着蛇的树。这精细的图案由蓝、红、黑、绿四色文成，女人做出递给男人苹果的姿势，树冠上也长了苹果，绿色枝叶簇拥着男人的肩膀，黑色的根茎缠绕着他的上臂部。两个人物身体僵直，却又栩栩如生。夏娃露出背叛者的笑容。条条彩线精准地刻在珠儿闪亮、细腻的肌肤上，随着他的一呼一吸而潮起潮落，那蛇仿佛正嘶溜着分叉的舌头，树上的叶子好似在风中簌簌作响，这情景肯定在文身师的设想之中。

“噢，这，”珠儿说，“的确让人惊叹。”

他穿上衬衫遮住背上吊诡的花纹，这件绚丽的贴身上衣让她神迷，就连下了药的新婚早餐粥都不如它让她在意。

“你永远不能裸露上身，”她说，“永远不能自如地光着身子，因为你的背上有亚当和夏娃。”

“眼不见，心不烦，”珠儿说，“它在我背上，我从没看过它，他把它称为他的杰作，是在我十五岁时文的。”

“很疼吗？”

“花了两星期，其间我基本神志不清，好在没有感染，格林夫人一直在照料我。文绿色最疼了，所有颜色里就它最疼，你看这图里有很多绿色吧。”

他站起来穿上裤子，接着是靴子、战术背心，再从毯子上的破烂堆里拣出项链。他又成了白昼的他。

“他还想在我的胸口上文‘最后的审判’[1]，但我可不想天天

---

1 《最后的审判》（*The Last Judgement*）是意大利文艺复兴大师米开朗琪罗为西斯廷天主堂绘制的壁画，主题源自《圣经》，描绘了基督来临的那一刻，他要审判生者和死者，被他免罪的人将得到永生。

看见那东西。”

“他很热衷于《圣经》主题？”

“窘迫的时候，他会谈论‘人类的堕落’[1]的诗意真理。”

“你为什么让他这样残害你？”

“你认为这是残害？”他开始编辫子。

“这多残忍，多奇怪。”她又撒谎了。这幅刺青对她来说如同人类的未知领域[2]或月之暗面，危险又难以抗拒。

“有时他会让我脱下衬衫，一边围着我欣赏一边说：‘哈，嗯，我真厉害啊。’他恨不得剥了我的皮挂在墙上，我真这么想。说不定他甚至会把我做成一件礼袍，在特殊场合穿着我。他曾经在一个小姑娘身上文满了虎纹，说她将会成为虎女，不过她死了，计划没成功。”

“你为什么允许他用针伤害你？”

“我没什么选择，我那时只是个孩子。”

“我不喜欢这儿，”她不满地说，“一点都不喜欢。”

她端正地坐直了，双手环绕着膝盖，毛皮裹在肩膀上。他看着她，像是在看一张旧照片回忆着什么。

“可怜的孩子，”他说，“那时候，我是怕你的。”

1　人的堕落（the fall of man）是基督教中用来形容第一个男人和女人从无罪、顺服上帝的状态转变为有罪、悖逆的状态的术语，即亚当、夏娃在伊甸园偷食禁果的故事。

2　原文为拉丁语 *terra incognita*。

“现在能不能请你走开，我想一个人静静。”她说。她已被他可怕的畸形之美俘获，她需要时间思考。

他露出最为邪恶张狂的笑容，愣了一下，又回到她身边。他亲吻她的乳房和嘴唇长达几分钟，之后转身离去，丢下她与刚刚撩起、亟待满足的狂欲为伴。又一次耻辱的失分，玛丽安心怀报复地盘算着。

多纳利在墙上写了：“回忆即死亡。”墙面颤抖着，墙的背后，巴洛克管风琴正以一曲托卡塔狂暴地震撼着整座房子。玛丽安盯着墙研究了好长一段时间。她想找多纳利把这条格言文在她头上，这样珠儿就能天天看了，或者把“回忆”文在一侧胸上，“死亡”文在另一侧。但是她很快就放弃了这个计划，她想起珠儿不认字。

五

部落里的人不再做手势抵挡她的恶魔之眼，因为已婚的她已成了凡人。她依然是陌生人，依然让人害怕，只不过她已在珠儿的责任范围内，他们便相信他能管住她那些可疑的巫术，或许把它扎在袋子里，放在枕头下。孩子们完全无视她，她可以随心所欲地在营地走动，不必担心激起任何波澜。她想要一匹矮种马，他们就给了她一匹鬃毛粗糙亮白的黑白斑纹马，看上去像托儿所里的玩具马。她时而驰骋于森林边缘，但从不进去。日子一天天过去，珠儿默默关注着她，但她从未拿上行李，策马而去，与那个男人的激战令她沉迷，她什么都不想了。她与他你死我亡，黑暗一掩去他脸上的凶色，他便爆发出奇异的能量，他们的床瞬间化为冰冷黑暗的无声世界，其中的居民除了触觉、味觉和嗅觉，其余一概不知。

不过有一次，她醒得比他早，惊讶地发现他褪去凶气的脸十分温柔。他的手放松地落在她的胸脯上，轻柔得如飘雪。然而下一刻，她又惊恐地记起几小时前正是这双手曾带领她涉足欲火之河，也正是这双手在几年前不可挽回地残杀了她的亲手足。珠儿的脸似乎在她肩膀的深渊里旋转，在剧烈的惊恐中散开又聚集。这时他睁开眼睛，她撞上了自己的双重倒影，于是赶紧别过头去，以免看清自己的表情。

还有一次，一只欧夜鹰在屋里的树上嗡嗡长鸣，惊扰得她半夜醒来。每月的这时候都没有月亮，她感觉像是瞎了一样。她伸手去摸珠儿，想确认他还在身边，却意外摸到了他的脸——薄薄的皮肉下一块突出的骨头，一定是他的颧骨。她螺旋纹的指尖横向轻抚过这隆梗，来到一片细软的草地，那该是他的眼睑吧，可她一点也没觉得在抚摸一只眼睛或是一张脸。抽象的信息收集汇总，她看见了一片土地，进而土地之上景物渐明，生成一幅旧城中心的破败景象。她有些困惑，但不想去想。

之后还有一次，她夜里翻来覆去之时，意外摸到了他满是热泪的脸。他一动不动，依然睡着或是装睡，她立刻抑制住自己的好奇心。

除去这些偶然的发现，她为了保护自己还隐瞒着另一个秘密——伴随着猫头鹰的捕猎、丝绒般的老鼠的窜逃、月亮的圆缺、呆子在狗舍里悲伤的号叫，他们二人合体之时诞生了另一个存在。这二人世界里的第三个存在，一头欲望猛兽，无眼无形，只生一张嘴，水陆两栖，沉浮在黑色微咸的水里，以夜晚和寂静为生。她闭上眼，以免在月光中瞥见它，她没有给它许以亲昵的爱称，本也不必要。那野兽生有尖牙利爪，它时而作为复仇的工具，却又时常受诱惑偏离其本心。他们醒来之时它便解体了，他们又恢复了对彼此的猜忌。

日光和火光中，她眼中的他是二维的，存在于平面之上，威胁不到她。他骑着黑马奔驰于草场之上，被雨淋透或沾着泥血从打猎中归来，他和他的兄弟们在厨房里等待开饭，玩骨头游戏输了时郁闷地吵嚷，有时又在屋内把穿着毛皮的珍抱在腿上（珍时常就这样睡着了）——所有这些场景不过是零星的活人画[1]或静态造型，毫无连贯性。

博士房间的外墙上写着“我们的需求与欲望没有联系”，这句话保留了几个星期。

“但是怎么区分两者呢？”玛丽安想，之后她就再也没有去管那标语。

玛丽安坐在厨房里的破椅子上，苍白而安静，有时管风琴的乐声如巴洛克时期的鬼魂四处飞舞，有时什么声儿都没有。有一晚，珠儿大发雷霆，打破了旧碗橱里所有的碗，把那些古老的陶器扔得满屋都是。他的兄弟们吓得仓皇而逃，嘴里发出咯咯的笑声，然而玛丽安却懒得从座位上离开。他把一个装汤的盖碗砸向她，不过当然没中，因为那碗和他都不是真的。碗砸进了火炉里，他转而攻击猎物的尸身。还有一晚，他一声不吭地在屠宰间隙接近她，把血淋淋的手抹在她脸上，她立刻明白了他的意图，对此深深厌恶。每天天一亮，或更早，她的身体就感受不到他的轮廓，他像鬼影一样消失，用此种无可救药

1　活人画（*tableau vivant*），是一种盛行于十九世纪法国的表演形式，由演员营造出绘画场景。

的手段强调他的主权。

下雨的那些天，雨水泼进屋子，把他们浸得湿透。大风的晚上，屋子像软木塞一样摇曳在飘零的风雨中。每天早上，屋子都要少一块顶，很快他们就像睡在山坡上一样，赤裸如新生的婴孩。每天晚上，螺旋楼梯都更加陡峭。有一次她在回卧室的途中踩到了一只癞蛤蟆，不小心踩碎了它的背。

与此同时，部落正准备收营迁徙。他们修理了拖车，给马安上了蹄铁。珠儿从李家人身上继承了对马的喜爱，他们兄弟一众在马群里真好看，玛丽安像欣赏精巧的彩色插图一样看着他们。长期以来，她在这个她发现了自我的怪地方，保持着自傲的孤独。

她以这样疏离的状态生活了一段时间，直到有一天，他压在她身上对她吼“怀孕啊，臭女人，快怀孕”，她才恍然清醒，他们之间的关系原来如此粗暴怪诞，那些喷涌出精子的液体实则是对她私处的侵犯。她之前从未想过，夜晚的野兽会造就实在的东西，会在她的体内种下孩子。就算她偶然想到，也会觉得他们两人的人种相差甚远，难以杂交出什么。她绝望地找寻他，却看不见他，这又是一个无月的夜晚。最终她只得与他说说话。

“为什么？”

他良久无言，她甚至怀疑自己是否曾开口。

“从制度上说，”他终于打破沉默，“这是个家长制社会。

我需要一个儿子，不是吗？给我送葬，确保我的地位。”

“有没有其他理由？”

“从政治上说，这确保我的地位。”

“在这样的条件下，这确实是充足的理由，但是我想要更具体的理由。”

“复仇，”他解释，“从你身上造出一个小小的我，穿着毛皮，编着辫子，恶狠狠地拿着刀。这样我就有地位了。”

“所以就让我遭受无法弥补的羞辱？让我生出小魔鬼？”

“什么？像‘理性沉睡’[1]里那样？”

“你懂得还真多。”她抱怨。

“还好还好。”他礼貌地回答。

她转向自己那一边，倾听夜晚的声音，只听到寥寥风声中夹杂几点雨声。

“我还救过你的命。”她控诉。

“我会一命偿一命的。”

一阵急雨拍打在窗玻璃上，流淌进冬青树丛的枝叶里。只有一层被侵蚀得单薄的砖块和石板保护他们免受凉凉夏夜和幽深夜空的侵袭。雨吹打在她的脸上，停留在她的颊上。她不再有欢愉的念想，因为她意识到欢愉只是生殖的从属。他伸手去

---

1 《理性沉睡，心魔生焉》(*The Sleep of Reason Produces Monsters*)，西班牙画家弗朗西斯科·戈雅于十八世纪九十年代创作的铜版画，画中画家本人埋头于自己的双臂之间，一群猫头鹰（象征愚蠢）和蝙蝠（象征无知）在他身后伺机攻击。

摸她，她却厌恶地甩开他。

“我睡去了！”他怒吼。

房间里满是无身的脸蛋，飘浮在黑暗之上，如同牛奶上的奶油，这些身染顽疾的孩子的脸，张开歪斜的嘴发出粗哑凄厉的叫声，将唤她作母亲。她讨厌这床，以及她双腿间湿润的溢物，那是邪恶女巫的药膏，让服药者癫狂。剩下的屋顶可以顷刻间塌落，让他们坠入情欲的地狱魔窟永不醒来。她好像被活埋一样，被这陈腐的空气呛了一下。她胆怯地颤抖着，滑到旁边的地上，接着突然有了离开的念头。珠儿已经睡着，至少看起来是这样。她迅速穿上她的野蛮人衣服，她现在只有这些——一条裤子，一件绣了雏菊、缝了镜片的羊毛衬衫，一件系紧领口、别着从坟地里拾来的假钻石胸针的灰色松鼠毛皮外套。她摸索着往门口走，脚下踩着碎石和冬青叶子。然而，珠儿并没有睡着。

“正下雨呢，你不能走。”

“怎么不能？”

“你可能已经怀了我的孩子，我有段时间没和你做了。”

“教授们知道怎么解决这些生理问题。”

“带把刀，防身用。”

“我可不怎么怕。”

“倒不是为了防野兽，我只见过一次狮子，在树林里，趴在一头牛的残骸里，火车撞车的那地方，嗯，好多年前还有火车呢。火车的门像死虫子挂着的翅膀一样，好多好多的翅膀。狮子满口鲜血，眼睛里流出眼屎，和蕨丛一个颜色。它继续吃着，没理我。”

“你讲这些就是要让我瞎想，”她生气地说，“我不是小孩子了，不会信你胡编乱造的这些东西。”

“不会有野兽咬你，但是废墟里还有其他可怕的东西，像麻风病人啦，疯子、隐士、长着猿头的人、额头长着眼睛的人，更不用说那些来去无踪的异民——”

“再见。”她坚决地说。他终究算是她的丈夫，理应得到一句正式的告别。但是他没有同她告别，即便她是他的妻子。她沿着那螺旋楼梯从摇摇晃晃的塔上下来，她什么也看不见，只有扒着黏湿墙面的五根手指指引着她。她小心翼翼地缓慢前行，脚下的台阶从未这么陡峭、这么松动，遍地的烂泥让她脚下打滑，一阵阵呼啸的狂风震荡着石头。她终于到达礼拜堂上方的长走廊，那令人作呕的空气竟让她感到温暖。她沿着走廊走下去，来到礼拜堂那层，多纳利在黑暗中等待着她。

她没有料到他会在这儿等她，于是心中气恼，一言不发。她完全看不到他的身影，但他的手已抓住她的手腕，将她逮住。

“我们得像捆马一样把你捆起来。”他说。

他把她拉进房间，他的书都已装箱，箱子多得数不清，他的广口瓶和器械用草垫着装进了篮子，但是那永远在煮着东西的炖锅仍在火盆上冒着泡，圣坛上点着四支蜡烛。那孩子被拴在墙钉上睡觉，他赤裸瘦弱的身板和光石板地之间只垫了层破毯子。鲜红的鞭痕在他的背上清晰可见。

“他答应我会乖乖的，”多纳利深沉地说，“所以我今晚让他睡在屋内，毕竟明天我们就要上路了。”

教授式的声音，那粉笔一样干净的色调，多么沉静美好。她的神经每日却要经受钢铁般的病句折磨。他的声音那么温柔，那么熟悉，她几乎都要信任他了，然而那条躺在地上的、用来鞭打他儿子的沾血链条让她回过神来。他在缝补那件浮夸的羽毛大衣，它摊开在圣坛上，在烛火的映照下熠熠发光。他递来一个皮酒壶请她喝酒，她拒绝了。

“抱歉，我要继续工作了，旅途中没时间做。”

他把酒壶放到一边，跷起腿坐在圣坛上，在斑斓的羽毛间穿针引线。她想，如果她夺门而去，他会穿上翅膀扑向她吗？他亲切地询问道：

“他有虐待你吗？”

“什么意思？”她小心地问。

他眨了眨眼睛，挑起的眉毛像两边的圆括号。

“不当的行为，不可言传之事。”他委婉地说。

“比如呢？”她问，这一次语气变得粗鲁。

“比如吹箫。”

“你认为这是虐待？”

他眼睛瞪得好大，似乎惊异于她的天真。

“噢，的确，这算是不当的行为，在那死透的语言里，只能被小心提及。罗马人来了，当然，又走了，之后是尤瑟[1]，那时树林里也有狼，甚至还有一两头狮子，如果你能从虚构故事里辨别出事实的话，不过这总是很难。还有牛奶一样白的独角兽，那被赋予重要象征意义、一角冲天[2]的野兽，只能被年轻的处女捕获，不过事实已多次证明这是最坏的下场。可怜的珠儿，一样的境遇，只不过不像牛奶一样白。它在倒退，时间在倒退，盘旋而上。是谁松开了时间的弹簧，让历史弹回了过去？”

教授们晚餐后会聚在一起，喝着自酿的黑莓白兰地讨论天启和乌托邦这些可悲的怪念头。虽然玛丽安会努力抑制打哈欠的冲动，但是那里才让她感觉是家。她走上圣坛，看着这位手艺高超的裁缝缝补它的皮囊。

“上帝死了，毫无疑问，很早就死了。你觉得我们应该让他复生吗？这片神神鬼鬼的废墟、森林——都不知道我们在这儿能不能活下来——我们需要他吗？”

“你自己想扮演上帝吗？”

“我希望能默默无闻，我宁愿扮演圣灵，但是我时常想给珠儿安排一个神话角色。即使他无法达到真神的高度，但成为像亚瑟王一样的半传奇人物还是绰绰有余的，”他笑道，“他可

---

1 英国传说中的不列颠之父、亚瑟王之父。

2 英文 horned，与 horny 都为 horn 的衍生词，horny 也有饥渴之意。

以成为人形兽的救世主。”

他捧腹大笑，差点把壶碰倒，还好他及时接住了，喝了两口又递给玛丽安。

“来一口，年轻的小姐，你早晚有一天会和他们一样，借杜康[1]之力遗忘该遗忘之事。”

“我不准备待那么久。”

“什么，你要让你那可怜的丈夫自己解决欲望吗？如果你留下来，我会教你巫术。”

他已然酩酊大醉，他这几个小时以来都坐在黑暗中借酒浇愁。玛丽安想到这儿，欣喜不已。炖锅里升起绿色的蒸汽云，那东西像是含致幻物质，将理智蒙上幻象，玛丽安似乎看见瘫倒的骷髅时不时动一下，好似在舒展筋骨，圣坛后的马利亚蜡像似乎也在断断续续地消融。不过她根据理性还是可以推断出眼前这个博士是真实存在的，他红色的那半胡子根部已经黑了，需要染了。

“巫术是假的。”她说。

“没人会知道。”他狡猾地低声说道。

“你当初为什么从教授村逃走？你做了什么恶心的事让他们把你赶了出来？”

“噢，不，”他说，“离开是我自己的选择。”

1　原文为 *aqua vita*，拉丁语，字面意义为生命之水，常用于指酒。

“再说一句格言，我需要安慰。”

他沉思片刻，说：“世界化为梦境，梦境便成了世界。”

“我都不怎么做梦，”她悲伤地说，“我跟珠儿说时，他还生气了，好像我撒谎似的。”

“我一路上都在试图将他捧上神坛，但是困难重重，”多纳利抱怨，“他不会对我言听计从，从虚无中创造比我预想的要难。”

玛丽安看见门悄悄地开了。珠儿指抵唇边，让她保持安静。他齿间衔着刀，两手空出来。她恼怒他跟踪自己，便立刻汇报：“又来了位客人，给他倒点白兰地吧。”

珠儿拿下刀子，啐了一口。

“我想捅他的。”他语气中有一丝遗憾。他显然是匆忙地胡乱披上衣服，两脚没穿鞋，却有时间在脖子上挂了一大串护身符。他关上身后的门，露出美丽、奸诈的笑容，久久不愿上前。

“别躲在那儿，上来迎接大自然的旨意吧，珠儿·李·布莱德利，想逃离你怀抱[1]的小新娘就在这儿呢。”

“她不是要逃离我的怀抱，她只是害怕落入我的怀抱会有什么后果。”

“没有其他地方可以去了，亲爱的，”博士说，“如果有，

1 Embrace，也是性交的委婉表达。

我早就发现了。”

他将酒壶递给珠儿，珠儿小心翼翼地上前，接过壶。他狐疑地闻了闻，又擦了擦瓶口，然后才喝。一阵寒风吹来，搅乱了地上的灯芯草。珠儿的棕色喉结如流水上下起伏，玛丽安看着他，琢磨自己想去摸他的冲动是需求还是欲望，抑或是多纳利完全错了，需求和欲望实则一样。博士此刻似乎正在思索着同一件事，他的手落在了珠儿的肩上。玛丽安看见他的指甲全部精心修剪过，相当漂亮。

“拿开手，”珠儿说着甩掉他的手，“我讲了多少遍。”

“给我看看我的作品，”多纳利说，“脱掉衣服。”

他的手从领口伸进珠儿的衣服，开始拉他的衣服，珠儿耸了耸肩，任由他摆布。

“跪下。”

“你个傻老头。”珠儿的语气几近温柔，他跪了下去。他拨开他长河一般的头发，露出他的脖颈，好似准备迎接刽子手的铡刀，那骇人的刺青再次显露出来——伊甸园、树、蛇、男人、女人和苹果。

“观摩一下人类历史上最后一幅艺术品吧，”多纳利对玛丽安说，“看看这优美的线条、精细的做工。”

“你那时候可迷我了，老家伙[1]。”珠儿说，当他老师的手

1 Bugger，也有鸡奸者的意思。

爱抚着他背上的纹路时，他轻微有些躲闪。

“没有，没有，”多纳利说，“不过你十五岁时的确器宇不凡，狂放如冈比西斯，儒雅似亚哈随鲁[1]。”

“他十五岁时，我见过他，”玛丽安冷冷地说，“在我看来，他完全就是个野人。”

珠儿听了，抬起毛发蓬乱的头望了她一眼，眼神里透出赤裸裸的哀伤，让她也心如刀绞。她深吸一口气。

“这世界真小，”多纳利满意地说，他松开珠儿的衣服，却打翻了壶，“跟罗马人的世界一样小，比尤瑟的世界小得多，它在收缩、萎缩，越来越小。”

“我想让她自己选择，”珠儿提议，“选择越多，世界就越大。”

“她逃不出我的设想，我敢肯定，我知道她的路子。”

但是珠儿拿起了蜡烛，向这个年轻姑娘伸出手，说：“来。”

多纳利重又坐回圣坛上，陷进闪亮的羽毛中。他拿着酒壶看着他们走出去，眼神里流露出赞许之意。门外，珠儿将蜡烛和刀塞进她的手里。

“举着灯，拿着刀，大胆往前走，一直走下去。”

火苗的光晕只够照亮他们二人的脸庞，两人四目相对。大厅里的恶臭攫住玛丽安的喉咙，黑暗中的某处一个孩子哭了起来。她预感，她自己的孩子有一天也会在这样破烂的小屋或废

---

1 冈比西斯（Cambyses）和亚哈随鲁（Ahasuerus）是波斯帝国阿契美尼德王朝不同时期的国王。

墟里哭泣，但是她已无法逃出这个怪圈，至少今晚不行。她望眼欲穿，却又奋力抑制逃跑的欲望。她的身体挣扎了一下，仿佛在做最后的尝试，想要逃离他的磁场，然而他手中的烛火似乎是这个正在萎缩的黑暗世界里的唯一光源。最终，她还是决意保住尊严：即使这个世界每一秒都在缩小，她也不愿接受他的好意。

"我现在累了，"她转移话题，"而且外面下雨了。"

他的脸上又露出难以参透的笑容。他的背上是亚当和夏娃。

"他……他给你文身的时候有多疼？"

"我这辈子从来没那么疼过，你为什么总关注这些稀奇古怪的东西？"

"真像是该隐的印记[1]。"

"我杀的是你哥，又不是我哥。"说着他生气地掐灭了烛火，他们重回黑暗之中。顷刻间，狂风呼啸，管风琴在多纳利的猛击下响起踉跄的乐声，不和谐的音符如蝙蝠盘旋而下直达底层。玛丽安刚想着，他会把整栋房子都吵醒的，就觉察到了扰动声，原来这栋房子已在苏醒。房间门口闪现出点点光亮，脚步声响起，淹没在雨声之中，这是一个微雨的清晨。他们回到珠儿的塔楼，格林夫人先他们一步，已将油彩罐、首饰、武器、毛皮和床垫装进了木箱，外面只留了一把步枪、几把刀和

1　该隐是亚当之子、亚伯之弟，后杀死亚伯，被上帝驱逐。上帝为了不让凡人杀该隐，在该隐的额头上留下印记。

他可能要穿的衣服。他在乳白色的黎明中给枪上了膛，昨夜的风雨已将剩下的屋顶吹垮，他们完全暴露在天光之中。地上积了一英尺左右的水，现在任何一只鸟儿都可以拥有这房间，来年春天它们可以在墙里、茂密的树枝间和残砖烂石间筑巢。一只鸟落在了冬青树上，扑扇着大理石色泽的翅膀，是一只喜鹊。

“单只戚戚，双只喜乐，三只迎女，四只接儿。”[1] 珠儿自嘲地念着这一句童谣。

“我们去哪儿？”

“南下，大海。去那儿过冬，那里暖和。可以用毛皮换鱼吃。”

草场上，队伍渐渐成形。马儿踢踏着发出嘶鸣，拖车咿咿呀呀，家什堆得老高。一头牛“哞”了一声，一只羊脱了绳子，朝下面的小河奔去，一群咿呀乱叫的孩子跟着它去了。部落的人们已沉浸在南下的氛围里，大房子里回荡着开拔的吵嚷，反而越发显得空荡，这座房子再一次被人遗弃。厨房里站满了匆忙吃早餐的男人，他们本就湿透的衣服在格林夫人最后一次点燃的炉火边烘着。玛丽安不理解周围这熙熙攘攘的忙乱，她便再次抽身，她找到一些面包和肉，坐在炉火旁她习惯

1　出自童谣《喜鹊韵》，传说所见喜鹊的数量可预示福祸，完整原文为：“One for sorrow, two for joy, three for a girl, four for a boy, five for silver, six for gold, seven for a secret never to be told. Eight for a wish, nine for a kiss, ten for a bird, you must not miss. Eleven is worse, twelve for a dastardly curse.”。

的位置。

“你和格林夫人一起，像那些做作的小姐、太太一样，坐到拖车里。”

“你在哪儿我就在哪儿。”

他的脸上闪过一丝恐惧，虽然短暂却被她捕捉到，就好像原来就印在她的记忆里。

“不行，不准你这样，你要听我的。”

“不行，我就不听，我爱怎样就怎样。”

他皱了皱眉，然后消失在人群之中。房间里的人渐渐稀少，但是玛丽安依然坐在那破椅子里。她闭着眼睛，最后竟睡着，她前一晚一刻也没睡。扰乱之中没人注意到她，过了一会儿她突然惊醒，发现厨房里四下无人，就连钩子上挂的肉块都没了踪影。一个做工粗糙的木头玩偶被面朝下丢在地上，门摇摇晃晃，发出轻微的嘎吱声，除此之外什么都没了。破烂的砖石间，不见一个活物，只有炉火里残留了些许即将熄灭的余烬。玛丽安睡得四肢发僵，她伸展了一下筋骨走向门口，那一刻她希望他们撇下她走了。院子里站着一匹黑马和一匹斑点矮种马，都套上了鞍具，在吮吸着石板间青草的气味。显然，珠儿明白自己不得不接受与她同行的方案，他肯定暗自怒骂了很久。呆子把盘子盖在了脸上。玛丽安回到房子里寻找珠儿。礼拜堂的外墙上，多纳利写下了最后一句警句，供前来避雨的后来者瞻仰，如果他们识字的话。他写得匆忙潦草，玛丽安还是看懂了：“我思故我在，但如果停下思考，会发生什么?”她讨厌疑问句。珠儿在礼拜堂的门前出现，拿着一根燃烧的树枝。

“他们上路了，”他说，“我留在后面，要烧了这房子。”

她默许了他的想法，跟他一起穿过走廊。

“下着雨呢，能烧起来吗?”

“雨已经小了。”

他选择陈旧的木质管风琴点燃了头一把火，不一会儿，镀金的小天使就欢快地烧了起来。珠儿和玛丽安因同一目标而联结，一同退回到门口，看着礼拜堂被火光吞噬。当窗户开始阴燃、蜡像开始滴熔之时，他们离开火场来到大厅，任它自生自灭。她发现珠儿已经在前门堆起了一些没修整的枯木。他用火柴擦亮了一朵火焰，玛丽安很好奇，她之前从未见过火柴怎么用。他们等火苗烧稳了才走，在露台上环视一圈，冷漠的雕像背对着他们。

他们用厨房壁炉里的东西，在桌子及周围又点了一个大火堆。厨房从没这么亮堂过，她发现天花板上结了一层灰色的蜘蛛网，火焰在碗橱里一层一层跳下去。他们走到院子里，马儿因厨房门里冒出来的火焰和黑烟受到惊吓。他们跨上马，穿过空荡荡的草场，蹚过河水上了堤岸，往树林里去。这是个阴沉的早晨，偶尔的风吹来断断续续的雨，珠儿的头发在风中飘扬，如一面黑旗。他们在河岸的最高处停下，转身回望。

她发现山谷如今十分寂寥，深秋已至，满眼萧瑟。这只能听见林间滴水的幽静让她备感压抑，她将手伸进马的鬃毛里。野蛮人在此暂住了些许时日后已离去，只留下一座在雨中消解的粪堆，几片残瓦碎片，一座挂着马头骨的坟墓，以及一件忘在树丛上的孤单的衬衫。然而珠儿什么都不想留下。这座行将毁灭的建筑闪耀着白炽的光芒。伴随着一声巨大的轰鸣，房顶塌陷了，喷出的火舌螺旋而上，舔舐云端，将天空染得绯红。

眨眼间，风格不伦不类的外墙瓦解了，房子内部的结构显露出来，红色、黄色和淡紫色的火焰里包着一团亮白。雕像被熏得灰黑，它们伸出残臂，似乎想要逃离这熊熊火焰，然而却被尽数吞没。河水中倒映出炼狱的乱象，受惊的鸟儿从周围的树木上四散而去。珠儿的马瞪大了眼睛，抬起前脚。他对它咕哝了几句，马向一旁踢踏了几步，安静下来。风卷着火星子直往他们脸上吹。突然，屋里的一扇门炸裂开来，仿佛一头暴怒的雄狮在草原上咆哮。露台整个消失了，死去的蔷薇藤烧着了，天幕尽头传来隐隐的雷声。草地化作一片焦土，熏枯的树叶从枝头簌簌落下，风儿裹挟着一团团余烬在山谷间游荡。

“森林会烧着吗？”她问。

“也许吧。”他的语气中带着些许期待。他的眼睛像碟子一样映射出火焰的光芒。他掉转马头进入树林，示意她跟上，很快他们就进入了绿色的天地，将火焰肆虐的山谷抛在身后。草丛里一只野鸡在他们靠近时咯咯地叫着。不久，他们跟上了队伍的尾巴，再次融入了人群。

迁徙的过程需要人力组织。她发现布莱德利一家权力意识都很强，即使是十五岁的贝儿，也在指挥比他年长一两倍的人，想办法让他们服从。这几兄弟负责侦察两旁的树林和前方路况，以防有袭击者出没或撞见教授村的护卫。队伍行进得十分缓慢，以至于距离和时间一样，失去了原本的实用意义。行走成了路的另一层含义。这些旅人，不问缘由、不知疲倦地前行，从无名的一处到无名的另一处，不在乎是风还是雨。有时他们停下脚步，让马匹休息或进食。一只羽翼煞白的乌鸫落下来，跳着捡食残羹冷炙。

“食腐动物，”珠儿说，“我们走了以后鸟儿们该怎么办？”

格林夫人拉着他的袖子，将他引到旁边。两三个弟兄围过来拿吃的。

“珠儿，亲爱的，又一个孩子病了，安妮的孩子，旅途太劳累。她一声也不吭了，今早安安静静的。”

“好吧，”珠儿说，“但她不会想被扔下的。”

“你难道会把生病的孩子和她母亲扔下？”玛丽安大嚷。

“那要看是什么病，”他回答，“严重畸形的新生儿我们都会丢在树林里，不然你还想怎样？”

他陷入沉默，撕碎了湿漉漉的草叶。约翰尼随意地靠在珠儿身边休息，他仰着脸，恰巧这时温冷的太阳从云层后露出，他高兴地吹了一段小曲儿。珠儿举起他戴着戒指的笨重大手打了约翰尼一耳光，划破了他的嘴角，血滴了下来。约翰尼翻身将珠儿撞倒，兄弟俩在高高的草里打了起来，互相抓呀打呀，最后约翰尼跪在珠儿的肚子上，一拳又一拳，有节奏地揍在他脸上。这场打斗开始得突然，升级得迅速，玛丽安完全呆住，不知所措，这时格林夫人拎来一桶要喝的水，狠狠泼向兄弟俩。玛丽安记得，在自己家门口的月光下，也曾见过女工这样解决猫的争斗。约翰尼一边抹眼睛，一边骂骂咧咧地从珠儿身上爬下来，珠儿舒展了一下胳膊，把脸埋进地里。

“兄弟们要相亲相爱，”格林夫人说，“你去把湿衣服换了，让珠儿一个人待着。”

“是他先惹我的。”约翰尼一边恨恨地说，一边拧干自己的辫子。

“就算那样，你也应该尊重他，不该像小孩似的打架。”

他们周围都是孩子，有的在休息，有的在吃东西，有的玩起了小游戏，到处乱跑，好像又精力充沛了一样。多纳利的儿子，不知为何竟没有拴着，他走到他们身边，好奇地看着趴在地上的珠儿。

“他怎么了？”他问格林夫人。

珠儿一只手逮住那孩子的脚踝一拉，他四脚朝天跌在地上，呜呜大叫。

“他真烦人。”约翰尼说着把浸湿的上衣脱下，露出柔韧又健壮的身躯，上面覆着一只蓝红色的鸟。他去找干净衣服穿。

珠儿手撑着头，看着呆子哭。看了一会儿后，他摘下中指上的一枚红石头戒指，放在那孩子的手掌里。

“给我的？”呆子立刻就不哭了。

“对呀，可别吃了。”

“你肯定以为我很笨。”那孩子说。他把戒指对着太阳看了看，石头闪现出深邃的红色。他戴在手上，细细地欣赏。然而，过了一会儿便失去了兴趣。

“我还想吃点面包。”

“给他些面包。”珠儿的右脸渐渐变得瘀青。那孩子拿到一块面包皮后就跑了。珠儿转身面向他的继母。

“安妮的孩子怎么了？”

她耸耸肩，什么也没说，只是做出抵挡恶魔之眼的手势，玛丽安之前从未见过她做这个手势。旅程继续。下午过半的时候，他们到达了一座山的山顶，眼前是一片荒凉的地貌，峡谷、水塘、深渊、大坑、泥潭、岩脉、沼泽由狭长的大片林地间隔开来。这一区域的灌木叶片锋利，果实含毒。骑马人护着马头，不让它们去闻路边的植物，但是这些植物都长到路上面来了，把马的脚、腿和腹部割开了口子。天又开始下雨。她想，这雨要是一直下，这些马会不会有天变成两栖动物。

他们在一座废弃的村庄扎下营。格林夫人住的小屋屋顶还没怎么塌，可以遮风避雨，她悄悄让安妮和她生病的孩子住进来，好让孩子不至于冻着，这样博士也看不见，娘儿俩就不会被赶走。小屋有两间房间，其中一间有壁炉，只需把烟囱里的鸟巢清掉就可用。另一间房间，床上有两具尸骨残骸，床单也已腐烂。兄弟几人什么也没说就把这些清理掉了。他们还把剩余的家具砍了当柴烧，只留下破窗户上的烂窗帘没动。

“你和格林夫人还有安妮一起睡在壁炉旁边。”珠儿对玛丽安说。安妮是她遇见的第一个女野蛮人，就是那个她和珠儿一起撞见的采蘑菇的女人，也是珠儿的表亲。她把六个月大的孩子抱在怀里，什么也不说，就看着玛丽安，好像是她的错一样。孩子的父亲前一年春天死于破伤风，现在她只有这个孩子了。

“我要跟你睡。”玛丽安坚持道。

格林夫人炖了一锅蔬菜，吃完后，另五人去旁边的小屋喝酒、玩骨头游戏，珠儿却留下来陪着女人们，他蹲在壁炉边，和约翰尼之间气氛依然紧张。他时不时地咳一声。石板地上垫了一层细软的灰尘，上面鲱鱼骨头样式的图案纵横交错，是老鼠的足迹。格林夫人拿着用过的锅和盘子出去到雨里洗。安妮坐在床垫边上，用毯子裹住孩子抱在怀里。

“晚上这么冷，那些房子没屋顶可真可怜。”格林夫人淡淡地说。

珠儿摸了摸受伤的脸，没有应答。格林夫人在安妮旁边坐下，拉住她的手。玛丽安跪在壁炉旁。雨水从烟囱里坠落，滴在火上发出嗞嗞的声响。完美的静谧在他们之间降临。他们全都一动不动，仿佛静止是撑起夜晚的石柱，所以谁也不敢动一下。这静谧越发让玛丽安在意，她突然特别想笑，但最终她只是用轻声细语撬开沉默的盖子。

“把梳子给我，”她对珠儿说，“我给你梳头。”

他放下手，她看见他发红的眼睛里露出惊讶和警觉，可他依旧躺在了她的腿上，她一边缓慢造作地爱抚他一边给他梳头。其余两个女人，眼睛随着她的手移动，好像着魔了一般。玛丽安心里清楚，这一切都不是真的。这些都是巫术的幻象。她其实正身处无人之地。她看着自己的臂膀起起伏伏——这袖子多俗气呀——臂膀虽在动，阴影却不曾动，所以她知道自己一定是在做梦，这让她松了口气，不禁迸发出一串引人惊异的笑声。于是，石柱倒塌了，夜晚跌落进房间，孩子像一棵被连根拔起的风茄[1]一样尖叫起来。安妮也开始尖叫。乱语如时断时续的流水，从她的嘴里涌出。珠儿从玛丽安的手里拿过梳子，坐了起来。

“她说你在笑她，”他翻译，“她说你的笑会杀死她的孩子，你准备怎么办？”

玛丽安难以置信地望着这个失去控制、趴在床垫上呜咽的女人，想着她是不是真的。

1　风茄，又名曼德拉草。传说风茄的根有致幻和麻醉效果，常会被制作成护身符。拔起风茄时，它的根会发出惨叫，听见叫声的人会当场毙命，拔起的人死后会坠入地狱。《旧约》中，拉结为了怀孕曾求取风茄，因为犹太文化中认为风茄可以治疗不孕。

“我不知道，”她说，“我真不知道，你说怎么办？”

“亲她。”珠儿说着往火里啐了一口。

“她恨我。”

“亲她，让她知道你是活生生的人。”

“什么意思，你是让我向她表达同情吗？”

“少废话。”他的脸抽搐了一下。

他用新婚之夜次日清晨那种锐利凶狠的灼灼目光注视着她，她发现屋子里所有人都在用同样的目光看她，她站起来，心中疑惑又气恼。孩子的叫声减弱，只剩下单调的呜咽。

玛丽安战战兢兢地朝安妮走去，她不知该如何对付一个被苦难和恐惧塑造成如此怪异形态的女人。况且，她怕安妮在腰带里藏了刀，万一在她靠近时捅她呢。她还怕自己被孩子传染上疾病死去。她也不想承认这个女人和她所承受的磨难是真实的。玛丽安痛恨自己的丈夫，他竟逼她完成这么艰巨的任务。她转身跑进另一个房间，远离他们所有人。

“亲她。”珠儿以威胁的口吻说了第三遍，玛丽安知道自己没有退缩的余地了。她缓慢地走过去，一步挨着一步，仿佛在步向绞刑架，一双双眼睛鞭挞着她。安妮从褶皱的披巾下拿出一只手，做出抵挡恶魔之眼的手势。

“别做手势。”珠儿说，安妮立刻就停下了，好像他是造物主一般，她愿服从他的一切命令。安妮的手扭曲在半空中，玛丽安将她干瘪的唇按在上面。她知道光是亲手还不够，又亲了安妮的额头，然后看看珠儿，不知是否还要亲她的嘴。珠儿对两人都没有任何表示，安妮退到一边，心里却又像害怕玛丽安一样害怕珠儿不高兴，但珠儿就是不给她任何指示。玛丽安看见那孩子红彤彤的脸蛋正贴着一侧乳房，但他病得太重，根本吸不进奶。玛丽安无助地哭了。她的眼泪溅到了安妮的脸颊上，安妮抹了一点舔了舔，看咸不咸。玛丽安瘫坐下来，心碎地趴在膝盖上哭。安妮把她推到一边，叹了口气转身背向她。

“她真的不讨厌你，亲爱的玛丽安。”格林夫人说。

玛丽安用拳头遮住眼睛，眼泪却从关节缝中流出。

“带她去床上躺会儿吧。”格林夫人说。

珠儿用肩膀架起玛丽安，将她送到另一个房间。她哭得好凶，看不见路。他将她放在一堆毯子上，任雨水在她周围纷飞。她一直哭到睡着。他上床时她没醒，是过了许久后格林夫人午夜前来摇醒他时她才醒，因为他们为了取暖已不知不觉抱在了一起，摇醒一个必然要连带另一个。

“过来挖坟。”格林夫人直奔主题。她用手遮住小蜡烛的烛火，不想惊扰旁边正在打鼾的几个兄弟。

“烧了呗。”珠儿说。

“我可不想用壁炉烧孩子。”格林夫人说。

“你真是个讲究的女人。”珠儿阴沉地说。

他滚到地上，雨依然下着。

“来，玛丽安，来看我干活。”

雨水在腐坏的地板上积了水洼，屋外踩有足印的土地现在成了膝盖一般高的泥潭。格林夫人默默地递给珠儿一把铲子，两人的脸都板得像石头。那女人正站在门口，孩子躺在她怀里，用一块干净的枕套包裹着，他们没有时间准备棺材。门里倾泻出的火光足够珠儿干活照明，房子里没有其他光亮，天上也没有月亮和星星，只有漫天的雨丝。珠儿的白衬衫被泥溅黑了，玛丽安只能听到铲子挖进湿泥里的声音，却几乎看不清他的轮廓。他的铲子时不时地戳到石头。

“挖深点，别让狗轻易挖到他。”格林夫人提醒。

“哎，这么不相信我啊。”他回答。

终于他说：“够深了。”

安妮埋头走进雨里，把沉甸甸的枕套递给他。

“他不过就这么小啊。”她感慨。她趴在坑旁，轻轻拍打最上面的土，以确认土盖得够严实。他们回到小屋时都已浑身湿透，泥泞满身。格林夫人之前已拿来黑壶烧上了水，她帮安妮洗了脸和手，脱下她的脏衣服，劝她躺下，轻拍着她一直到她睡着。珠儿安静地洗了脸。玛丽安不哭了。她目光涣散地靠墙坐着。

“天快亮了。”他说道。他跪在壁炉前，伸长脖子烘干他杂乱的头发，有那么一瞬间，玛丽安用肿胀的眼睛在他的发间看清了他的脸，那张脸了无生气，看上去只是一团由骨头撑起的血肉，让人胆战心惊。

六

丛林中，湿润的土地上长着一丛丛莎草、鸢尾和灯芯草，干燥的土地上布满带刺的荆棘，挂满灰色、绿色和赤褐色的地衣。路上时而冒出一个泉眼，眼前的路便淌成一条小河，时而又有滑坡或落石挡路，还有硕大的枝叶遮天蔽日，将这林间马路变成回声荡漾的长廊。下过雨后，通常连着几天都温暖湿润，旅人们备受蚊子的折磨。但接下来的大晴天才是最糟的，泥土结成白灰，呛在人的喉咙里，迷住眼睛、吸进鼻腔，还有苍蝇和蚊蚋在毒气的滋润下翩翩起舞。

“来几个凉爽的阴天才好。”格林夫人说。

夜间，他们睡在皮帐篷或是任何可以遮风避雨的房子里。没有什么是永恒的，每一晚都与前一晚不同，白天则永远在行路。玛丽安觉着自己浑身的筋骨都拉扯开了。乏味和疲惫处心积虑地侵蚀她从前的自我优越感。她无法用逻辑解释自己如此存在的意义，也无法解释周围人如此存在的意义。这每日更替的世界已容不下她往日的思维，理性正从她的脑中消散而去，也许很快她就会屈服，无论那个骑在驴上的萨满将以怎样的世界观损害她的头脑，至少他所说的与这个世界相容。她经常想起那个埋进地里的孩子——一颗永远不会发芽的坏种子，却不知为何会想起他，她也时常困惑自己那晚为什么哭得那么厉害。

部落里的人早就不盯着玛丽安了，但博士仍不敢大意。他墨镜的每一片碎片，在玛丽安眼里都折射出一种生存方式的可能性，她将抛弃理性，择其一而从之，因为理性已对她毫无用处，理性解释不了她身边的谜团。无论是穿着黑色毛皮还是深色套装，多纳利都精神百倍，令人恨得牙痒。他的阴阳胡子每日招摇着那非天然的颜色，晚上她会听见他坐在树下用长笛吹奏工整的旋律。她想象着他的蛇，从缠着缎带的笼子里探出像多纳利的胡子一样鲜艳的脑袋来听他演奏，也许笼子上缠绕的破败的塑料花也会在这乐声的魔力下再次绽放香气袭人的花瓣，因为他的确是一位出色的乐手。

这些马路好似不再向心脏输血的动脉，城市衰颓后，马路退化到最初的功能，成为生存迁徙的载体。这种流浪式的迁徙，过程就是目的，野蛮人干脆连城都不进，宁愿整日游走在郊区。他们不爱进废墟不是因为迷信，时常还是有全副武装的骑兵进到深处寻找物资，他们不去是因为异民已经占领了这些废城，住在地下洞穴里。

“不过从前我经常到家旁边的废墟闲逛，从没撞见过人。”她对珠儿说。

“他们一定以为你是天使，吓跑了。他们以为教授村是凡间天堂，里面住着手持烈焰宝剑的天使，擅闯将会受到惩罚。”

不过玛丽安发现，异民却不害怕野蛮人，而且笨重的拖车队也十分容易受到攻击。

那天，她没骑马，徒步走着，故意走在队伍前面，好躲开格林夫人，她不想听她那些老掉牙的谚语。那兄弟几人轮流侦察，珠儿的班轮完后，他走到玛丽安身边，大概是为了看住她。她瞥了他一眼，他看起来就像纸人一样虚幻。他时不时咳嗽一声。接近正午时分，天渐渐阴沉，四下平静无风，他们进入了废墟的边缘地带。

左边的土地已陷进插满锈铁、荆棘丛生的沼泽里，右边则是一堵疤痕交错、弹坑密布的水泥墙，透过弹孔可以看见皮革般的天空，仿佛在渗出汗水。这堵墙就像一口烂牙，驻守在大片倒塌的塔楼的边界，一群乌鸦死气沉沉地在上方盘旋，湿润的空气里回荡着它们阴郁的鸣叫。那天早上的阳光灿烂明黄，沼泽上方飘浮着团团雾气，偶尔模糊了他们的视线。路况很差，路面已破裂成不规则的大碎块，碎块的锯齿边直插向天空。在这些裂缝间的卵石和骸骨之中，长着喜旱的植物。拖车摇摇晃晃地穿行其间，行李时不时从上面滑落，各种各样的家什撒了一地。一个鸡笼跌在地上挣开了，小鸡叽叽喳喳地跑出来，它们兴奋的欢叫声消逝在这片不祥之地的死寂中。

玛丽安看着前面那个女人的背，她正牵着一头瘦骨嶙峋的牛。她不知道女人的名字，但她很快记住了她的背的模样。从后面看，她穿着一条深灰色毯子做的长裙，裙子上绣了五角星，她的光脚板上长满老茧，一只接着另一只迈步前行，她穿着流苏的皮马甲，背上甩着两条辫子，辫子上还编进去几根碎布条。就在这时，她眼睁睁地看着这皮马甲上、两条辫子中间，一根红箭镞、蓝箭杆的箭猛地射了进去，微微颤动了几下。

突然眼前的画面骤变，女人咕哝了一声摔在地上。牛吓坏了往一旁跑去，却深陷沼泽，痛苦不堪。珠儿一把抓住玛丽安，把她拉到旁边，半拉半夹地带她穿过泥地，飞来的箭落在他们周围，他迅速把她推到一堵墙后，紧贴着一丛荆棘，不过这已是危险之中最安全的地方。

她面朝下跌在泥里，什么也看不见，只听得一发枪响，一阵马蹄，一声巨响，石块落下，哀号遍野。她猜想珠儿正举着步枪与对方火拼，他伏在她身上，她隐约地意识到他在用自己的身体保护她。她听见迅疾的嗖嗖声，那是箭刺破空气的声音。这一切发生得太快，她脑海里依然停留着皮马甲上那支颤抖的箭。这时他的身体开始一阵阵地撞向她，一会儿起开，一会儿把她压到墙上，他似乎在和什么人打斗。她挣扎着从那两人扭打的身体下躲开，蹲到荆棘丛后面擦拭眼睛。

黄色的雾霾降临，将他们团团围住、彼此隔绝，她、珠儿和那个跟珠儿打斗的人，被笼罩在一片朦胧的雾气之中。这是她第四次看他打架，第三次看他殊死搏斗。攻击他的人赤身裸体，腰间只裹了块兽皮遮挡私处，身上满是溃烂的疮口。他双臂很短，没有手肘，肩膀很低，全身骨骼弯曲变形，简直不像人。他的脸上有一条巨大的伤疤，鼻子没了，鼻孔不过是眼睛中间的两个洞，犬齿已长成了尖牙。他正拿着一把刀。他们在泥里扭打，泥水飞溅，最终珠儿将他手中的刀打落，但接着就开始咳嗽，无法再战斗，仿佛被另一个敌人，一个无形的敌人，扼住了喉咙。

扭曲的男人抓住珠儿浓密的头发，把他的头往后一拉，准备咬他的喉咙，这时玛丽安用自己的刀扎向男人的腰部，差不多是肾所在的区域。他嗷嗷大叫，身体来回抽搐，粪便渗了出来。她又扎了他几刀，惊恐地看着鲜血猛烈地喷涌。死亡的气息渐渐逼近，珠儿无力地躺在地上，玛丽安盲目而疯狂地继续砍着刺着，直到那人再也没了动静，成了一摊烂肉。

珠儿睁开眼睛，一小滴血从他的嘴角滑落。他支起蓬乱的头，过了许久才示意玛丽安移开尸体，她丢下散发着恶臭的刀照珠儿说的做。他坐起来跪在地上，审视着她刺的伤口。

“我得教你打枪了，”他说，“两个你都打不过他，你一个人根本杀不死他。”

他们在泥里搏斗的这当儿，日光渐渐填满了雾霾。珠儿把尸体面朝上摊在地上，从自己的手上取下两枚戒指，覆在尸体的眼皮上。玛丽安靠着那堵破墙，大口喘气，他们俩都满身污秽。浓雾渐渐淡去，随后被风吹散，离他们二十多码的地方是马路，他们原先站着的地方墙上满是弹孔，博士在尸体附近来回踱步，吟诵祷文。战斗结束了。

死掉的人随意堆成一堆。这些异民的身体全都呈现出离奇的变异，一个男人长着马蹄莲形状的圆润白皙的卷耳朵，另一个人全身覆盖鳞片，手和脚上长了蹼。只有少数几个有一般人类的特征，大多数都像是患了罕见的疾病。有几个细长得滑稽，四肢比常人长了一倍，还有一个一切都看着正常，就是身高只有两英尺，一个完美的微型人。

“你在这儿呢，”珠儿对他的老师说，“奇异的人类。”

“我不觉得他们是人类。”玛丽安说，她杀那个扭曲的男人单纯是出于厌恶，她讨厌他骇人的形态。

“适者生存，”多纳利说，“我们憎恶变种，但这种观点相当短视，我们需要变异以求得生存，也许我们需要重新思考该如何界定人类。”

珠儿思忖了片刻。

“那些生活在沼泽里的人长出蹼也算正常。”他大笑，周围失去亲人的野蛮人惶恐地看着他。

队伍中的大部分人都躲过了袭击，袭击主要针对的是最前面的人。异民很好对付，他们没什么头脑。他们的邪恶之箭只射死了那个女人、一个孩子和一位老人，除此之外还有几个人受伤，他们正心如死灰地等待箭毒发作。处理尸体的时候，拖车先行一步，在持枪壮士的护卫下，尽快离开这个危险的地方。

珠儿、布鲁、本迪戈和雅各布都在路边挖坟，异民全部埋进一个大坑，自己人则一人一个。多纳利站在他们旁边，翻阅着《公祷书》，玛丽安站在她丈夫身边，用手指将头发里的干泥巴梳出来。她不觉得羞愧也不害怕，相反，她得以从百无聊赖中解脱出来，并随之生出了一种幸福感。她又救了珠儿一命，她在想珠儿的命如今是否由她掌控。一声枪响，他们将某个性别难辨的东西扔进洞里，它既生有乳房又生有睾丸，全身覆盖着薄薄的栗色绒毛。接着，一个野蛮人从废墟中驾马跃出，他用绳子拖着一个踉踉跄跄的囚犯，那囚犯要不是因为在哭真像个木偶。那人是贝儿，全身都被绳子捆住，只露出双脚。

“贝儿本应该检查墙那边的，”约翰尼说，“那是他的职责。放心他，还不是因为是自家人。”

“死了三个，”珠儿没好气地对贝儿说，“你有什么好说的?”

贝儿吓坏了，站都站不直。

“我在一棵树上找到了蜂蜜，”他说，“我当时在吃蜂蜜。”

“蜂蜜。”珠儿重复道，他们的养母讲究地拎起裙子、避开泥泞走过来。

“他因为吃蜂蜜而让异民有机可乘。”珠儿阴沉着脸，做出手势示意贝儿。

“他只是个孩子，”格林夫人说，“他才十五岁呀。”

“权力不容违背。”多纳利说着把手收进袖子里。玛丽安仿佛看见这句话用红漆刷在那面已经粉碎的墙上。

“你该被绞死，”珠儿对他这位兄弟说，“但现在你只用挨鞭子，等找到树我就把你捆起来。现在，快去挖坟。”

坟挖完后，多纳利进行了几个仪式，之后他们就骑马上路了。格林夫人骑珠儿的黑马，珠儿在她旁边步行，显然她内心十分焦灼。

“这太苛刻了，”她说，“他不过是个孩子。”

没人和贝儿说话，他一边踉踉跄跄地跟在后面，一边哀声哭泣。

“托贝儿的福，我们还没死光。”珠儿说，他脸上的泥已经干了，成了一张面具。

“贝儿跟你同父异母，他是你的亲兄弟呀。”

“那就更应该由我来抽他了。”

他们进入一片旷野，雾气、沼泽、诡谲的日光被抛在身后。午后骄阳展露锋芒，面前是长满蕨类植物的高地。为了使场面更加震撼，贝儿将在夜晚受刑。他跟在约翰尼后面蹒跚而行，手被捆着，一整天都没再吃喝。傍晚时，他们到达一座农场，畜棚的铁屋顶如今结了一层蜘蛛网状的暗红色锈迹，如蛾翼般轻薄，旷野上再也看不出田地的痕迹，不过果园里的果树结了许多苹果，果子掉落在高高的草里，引来一群野猪大快朵颐，周围一圈草已被踏平。

野猪细长白皙，粉红的大耳朵扑扇着，眼睛如红醋栗。为了躲开猎手的第一枪，它们颤抖着鼻子，嘶叫声和呼噜声让人心惊。夕阳的光辉将它们染成了金灿灿的猪，未被打死的几只立刻奔上了高地。他们走到高处扎下营，生起火。约翰尼抽了贝儿一记耳光后走开，贝儿跌坐在一棵苹果树的低枝下等待着。部落渐渐围拢在苹果树周围，他们饱经风霜的脸上闪出难得一见的期待。

博士打开行李，戴上木头面具，穿上羽袍。这位周身闪耀着霓虹光泽的巨人站在犯人身旁，手执马鞭，如同一幅五彩抽象画，珠儿的脸上则满是泥土。两人的脸似乎都与这场景格格不入。多纳利把鞭子递给珠儿，珠儿脱下衬衫，走到树那边。玛丽安看着另一棵苹果树，那棵他身上的苹果树，正活了一般跳动着，仿佛成了这个年轻人的血气之源、生命之柱，不再只是装饰。她发现自己已无法呼吸。

“公正。”他说。

孩子们围坐一堆，珍、多纳利的儿子和其他人坐一堆，沉默中酝酿着期待，这场刑罚仿佛一次等待许久的款待。安妮睁大眼睛、张大嘴巴地看着，也许贝儿的苦难会让她感到些许慰藉，又或许她只是将这惩罚看作惩罚。贝儿双手举高被绳子吊着，吊了已有好一会儿，他的脸朝向枝叶稀疏的树干。多纳利以装神弄鬼、郑重其事的姿态撕掉了他的上衣。他的脚在地上耷拉着，留下了一圈痕迹。贝儿被判了二十鞭子。第二鞭下去后，多纳利的儿子号啕大哭，从人群中逃离，消失在蕨丛里。

第五鞭下去后，一个女孩儿哭了起来。第八鞭下去后，贝儿血肉淋漓。第十鞭下去后，玛丽安不忍心看了，他身上鞭痕交错，仿佛一头血斑狮子，在鞭子下像一张破毯子一样摇晃。鞭子呼来重落，贝儿号叫连连，这来回的呼应机械地重复着。她看见珠儿的动作已为惯性驱使。

他此刻就是权力的象征，凡人尽不敢违抗。他弓着背，臂膀抬起、落下。背上的蛇随着肌肉的张弛吐着芯子，亚当一次又一次地躲避夏娃一次又一次递来的苹果，这运动的图画展示着永不终结的诱惑，永不停歇的动作永远也没有结果，竟像是困在循环的时间之中了。珠儿自己也困在这循环的时间中。他被冻结在这惩罚的动作里，全身被一张面具笼罩着，他已不再是人。刽子手是不是从前都戴着兜帽以防在镜中看到自己被吓死呢？行刑完毕后，她转过头来。珠儿丢下鞭子，跑到树边。他割了绳子，用臂膀接住贝儿。

“不要怪我，”珠儿说，“我最爱你了。”

不知是因为倔强还是恨意，贝儿竟还没有失去意识。

“那该怪谁，你这个狗杂种。”他说。

他用仅存的最后一丝力气啐了珠儿一口，踉踉跄跄地从他怀里挣脱出来，跌跌撞撞地倒在地上昏了过去。珠儿呆呆地站着，神情茫然，汗如雨下。格林夫人拿着水和衣服过来照料贝儿，故意没理她的大继子。珠儿一手扶着树，支撑住身体，突然他发疯似的抱紧树干，像是体内燃起一团欲火。玛丽安本想上前安抚，但又觉得他面目可憎，让人厌恶。人群咕哝着散开，吃蜜贼的刑罚已执行结束，今晚没有其他消遣了。多纳利开始整理篮子里的绿色药草，嘴里吹起一段工整的巴洛克旋律。空气中的光线醇厚，看起来甚是美味，让人想拿起汤匙享用。这夜晚异常地温暖甜蜜，好似新鲜可口的果酱。

没人察觉到玛丽安已晃悠到拖车围成的保护圈外。马儿正安静地吃着草，她经过时并没有抬头看她。她的鞋子已破旧不堪，穿了和没穿一样，她便干脆脱下来扔了。她走下山，穿过混杂着野生小麦的野草丛，凉爽的青草如同恋人的舌尖，轻舔她的双脚。现在营地的火光成了天空中的小火星，她终于独自一人了。近处是一小棵榛树，树后面是一条被芦苇堵得呼吸不畅的小溪。

她坐在河滩上，手在静止的河水里划水，夕阳从榛子树的枝干间射出刺眼的红光，将河水染成红褐色。榛子树上结满了果实。她听着水流的哗啦声。她汗流浃背，几星期来她几乎没有脱下过衣服，她就穿着这件衬衫和这条裤子睡觉、走路、骑马、挖坟，还杀了一个人（也许算不上人），目睹了一场行刑。也是稀奇，虱子竟还没有满身跳，不过她偶尔会逮到只跳蚤。她把灼热的脸颊贴在清凉的水面上，再抬起头时，她发现那傻孩子正蹲在她旁边，就像是早已与她密谋约定在这里。琥珀色的光线戏弄着她的眼睛，他肩膀的肤色似乎比以往看起来健康。他抠着鼻子，手上戴着珠儿给他的红玻璃戒指，那玻璃看上去真像红宝石。她看见了他脖子上残留的项圈印记。

“你父亲为什么总把你拴起来?”她问他。

“他害怕我，因为我发起疯来比他还厉害，”男孩说，“看着。”

他翻眼睛，吐唾沫，在草地上翻天覆地地打滚，她都怕他伤到自己。

“停下。”她命令，他吃了一惊赶紧停住，害怕地看着她，眼白瞪了出来。他沾着唾沫星的舌头在苍白肿胀的裂唇上耷拉着。

“是呀，你是珠儿的女人。”他好像突然明白了什么似的。

“我是他的妻子。”她说。

“一样的。”

“不，不一样，妻子可以是被迫的，并非出于自愿的。”

他摇了摇棕色的脑袋，他不明白。

“一样的。”他依然说。

“不一样。”

“就是。”

“不是。”

“就是！就是！就是！”他又开始滚来滚去，肆意地尖叫着，“就是！”最终玛丽安狠狠撂下一句：“继续出洋相吧你。”

他站起来，惊讶地看着她，她竟能让他停住。

“你什么意思?”

他气喘吁吁，胸脯上的蛇弯弯绕绕，缠绕着肋骨上的旧伤。他举起手，挡住脸，从手指缝隙里偷看她。他的动作轻柔婀娜，却又十分古怪，如果他学会优雅的举止，定会相当好看。他前后摇晃着，突然毫无预兆地扑向她。他轻得如空骨的鸟儿、空腹的虫儿。她一根手指就可以把他推开，轻易就可以把他推进小溪里，但她意识到这是她第一次有机会背叛她的丈夫，于是她立刻抓住这个机会。

这枯瘦的、不懂羞耻的孩子抱着她在地上疯了似的滚了半天，他修长精巧的手指在她的衣服下面探寻，然而他的摸索似乎是出于好奇而非欲望，她猜想他也许太小还不明白，于是她解开自己的裙子，把他湿漉漉的嘴按向自己的胸脯。她的乳尖感受到轻柔的触碰，她不禁呻吟起来，他兴奋了。他嘴里咕哝起难懂的只言片语，是他父亲的祷文和格言警句，她粗暴地抓住他的下体，直塞进自己体内，她可没有耐心等待着他的本能渐渐萌发。他用力地插了两三下，接着大号一声，童贞的丧失似乎让他痛苦，让他惊惶，就如同她那日一样。他虚弱地从她体内溜出，浑身颤抖，她依然抱着他，亲吻他乱糟糟的头发。她还尚不满足，但已欢心快意，因为她已经做了一件无法挽回的事情，虽然她还不清楚到底是什么。他们就这样在这晦暗的夜色里，躺在难以言说的静寂中。他摸着她，他的触摸如同无生命之物的触摸，他虚弱的身体没有散发出一点热量。

“你知道你有了吗？”他的声音滑得如玻璃丝。

她看见新月的魅影飘浮在紫铜色的天空中，在红色高地上的榛子树梢头若隐若现。多纳利儿子的话不能信，可他固执地重复道：

“就这儿，珠儿放了个孩子在你身体里。”

他轻轻舔着她肿胀的右侧乳头，自顾自地笑起来。他又问了一个问题：

“他经常干你吗？”

“和他同床的时候，我从没看过他的脸。也许那根本就不是他，是另一个人。”

说完她想起来该好好看看他的脸，于是扶起他的头。他的脸柔软无棱，肥厚的嘴唇流着口水，眼睛大而无神，仿佛一个在树林里被夜莺惊吓的孩子。现在太阳已下山，他白得让人不敢碰，他的脸颊上有一条长长的擦伤。他挣脱她的手，再次趴到她的身上，舌头从她乳间的沟壑里滑过。

“他知道吗？”

“知道什么？”

“你要生孩子了。”

“你怎么知道的？”

“我猜的，”他说，“我算是你的朋友吗？”

一阵风搅乱了芦苇丛，他又颤抖起来。他已然忘了刚问她的那个问题，委屈地说：

“我冷。”

她心中涌起一团暖流。她想把他拥在温暖的怀里，不再让任何人伤害他。这个生在乱世之中、仍留有童贞的可怜孩子，正吮吸着她的乳房，像喝奶一般。她轻抚他的伤口，心想：“他说的是真的吗？我怀孕了？也许吧，昨晚之前我从没想过这事，也没留意过迹象。”停经、晨吐、消化不良、便秘，这些迹象，她笑了，让人丢脸。他抬起灰白色的大眼睛好奇地看着她，她猛然惶恐起来，这双眼睛的背后也许根本不是残缺的心智，而是极致的智慧，只是这智慧与她和其他人的心智全然平行，没有交集。

“走开，快走，让我一个人待着。”

他顺从地点了点头，站了起来。

“过来，你这个呆——”

她坐直了，帮他把破裤子穿好。他将手指伸进她的短发里，唱起一段他父亲唱过的旋律。一只鸟仿佛想应和他，从邻近的一棵树上飞起，在空中划出一道弧线，也许是一只夜莺，博士之子惊愕地停止了歌唱。

“你会给它起什么名字？”

“给什么起名字？”

“珠儿的孩子。”

“莫多或者马胡。”她瞎编道。

“别蒙我了，”他说，“胡说八道，你是不是不信任我？”

他轻巧的话语纯真无邪，她体验到一种彻底的信任感，以及随之而来的绝望的哀伤。半醒半愣中，她把衬衫拉下来，不让他看她的胸。

“我相信你。”她说。

他又变回了那个呆子，抓了抓膀子上虫咬的包，朝她痴痴地一笑，像一条白鱼从灌木丛里溜走。玛丽安躺在草地上，心里苦得疼。过了一会儿，她脱下衣服，浸到溪水中去。水中竟有一股很强的暗流，她甚至想就让水流把自己带走，到更宽阔的河流中，一直漂到下游，在部落的人发现之前，早早溺死在未知的海洋中。她一遍又一遍地仔细擦拭自己，用冷水洗去双腿间那个男孩侵入过的每一处痕迹。待她洗完后，天光已逝，溪水墨黑。她用衣服把自己擦干再穿上。潮湿的衣服贴在身上，夜虽暖，她却浑身凉透。

那兄弟几人已经吃过晚饭，正懒洋洋地躺在各自搭的火堆旁。约翰尼正在清洁一把步枪，这画面犹如一张野蛮人主题的邮票。没有看到贝儿的身影，也许他正在帐篷里睡觉。格林夫人坐在一个倒置的桶上，让珍卡坐在自己的双腿间，拿着一把漂亮的梳子给她梳头。珠儿面朝下躺着，玛丽安的第一反应是他死了，而她正是罪魁祸首，大约在那男孩捅进她身体的那一刻，他的心脏就停了。眼前的珠儿是一具皮囊、骨架、毛发堆砌而成的没有生命的空壳，于是她跌坐在他身旁，惶惑不已，一想到他的死，她一时间实在无法承受。

“你到底去哪儿了，亲爱的？”格林夫人问，手里抓住一只跳蚤，用食指和拇指的指甲尖捏死。“嘘。”她让珍住嘴，珍因为被扯着头发，正大声尖叫着。

玛丽安什么话也说不出，因为她笃信珠儿已死。

“她去给教授们通风报信了。”约翰尼说着，突然举起步枪对准她，并露齿邪笑。

“她去给马下咒了。”本迪戈说。这种笑话很危险，他们任何一秒都可能把她当作敌人。

“别烦她，可怜的小东西，看上去累坏了。”

珠儿那只奸淫过、杀戮过、挖过坟的手恢复生机，抓住她的手肘。她本该喜极而泣，但那一刻她竟忘记该如何哭泣。

“她去游泳了，看她全身都湿了。哎，你身上怎么湿成这样？”

“我掉进小溪里了。”

他也把身子洗干净了。他的脸在火光的映照下弯弯扭扭，她感到一阵尖锐又绵长的疼痛，就好像有人正拿着一把刀把他额头、鼻子、下巴的轮廓线刻在她的肉上。

“你病了吗？”

她摇摇头。

“想吃东西吗？”

她摇摇头。

“那得给你找件干衣服，不然你会生病的。”

她爬到他身边躺下。

“她在跟你亲热呢！”本迪戈大声嘲笑他们。

“她像个小小的破布娃娃，浑身软趴趴的。”珠儿好奇地说。他抬起她的胳膊接着又松开，而她任凭自己的胳膊无力地落下。他轻柔地对她说："怎么了，亲爱的，你怎么了？"

"你用爱称称呼我，"她说，"你为什么要用爱称称呼我？我做错了什么？"

她试图钻进他的外套里不让人看见。格林夫人拍了一下珍的屁股。

"小珍，你到一边去，我得来照顾这教授村的姑娘——"

"不用了，"珠儿说，"我来照顾她，她在闹情绪。"

她跟在他身后，呆呆地咬着指甲。他把她带到放行李的拖车旁，吓走在箱子和包袱之间玩躲猫猫的孩子后，拿来一块毯子给她。他脱了她的衣服，把她裹在毯子里，让她靠在拖车的后挡板上坐下，然后坐在她旁边，好像在等着听她的解释。四周还有足够的光亮让她看清他项链下面细致的肌肤，她向前探去，一下又一下吮吸、亲吻他的喉结，小口轻啜，仿佛要把他喝下去似的。

"你想要什么？"

"我出去走了一圈，遇见了那个孩子。"

"谁？那个呆子？你光着身子让他看见了？"

她点头，继续亲吻他喉结下的凹陷处。他笑了，好像真的被逗乐了。

"哈，所以发生了什么？他上了你，结果半途就完事了？所以你才来我这儿这么欲求不满的。"

他继续笑着，他笑的样子让她怀疑他是不是下一秒就要杀了她。她摇摇头。

“那怎么了，他弄伤你了？”

她再次摇头，他叹了口气，轻描淡写地说：“我跟你说啊，你根本不懂怎么让男人上你。”

她往他脸上就是一拳，他也立刻一记猛拳回击她的头部，她被击倒在地，呆趴在那儿半天。

“你要再敢打我，我就把你打成肉酱。”他得意地说，接着拿出刀修起指甲。

等她回过神后，她说：“我恨你，你要再打我，我就拿你的刀捅你。”

“你才不会。”他说道。不过他说对了，她只能羞愧地爬回他的脚边。

“他说我怀孕了。”拖车的黑影和篝火的光亮在她眼前旋转，天空中初现的几颗星辰滑过，落在她的脚下。她握住他的手，无法抑制地亲吻起来，甚至嘴唇都被戒指划伤。

“不管因为什么，总之你着魔了，”他说，“你疯了。”

“我不舒服。”

“不舒服？”

“他说的是真的，我知道。”

“是我的吗？”

“当然是。”

“怎么会‘当然’。你偷跑出去，谁知道你有没有偷人，你个荡妇。”

“我不想要它，我不想留在这儿。”

“别再往我手上流口水了。”

“而且我不舒服……”

“你别流口水，我还可以好好跟你说会儿话。”

他将她抱起来，她努力钻进他的风衣里，如果有可能的话，她也会爬进他的胸膛，消失在那里。焦木味儿、浓郁的马臊味和粗制皮革的烈味，混合着珠儿独特的体香，充溢着她的鼻腔。当她抬头看他的脸时，却看不清他的五官，她眼前是一系列变化的幻象。一张画满油彩的恶魔之脸，继而幻化成面目狰狞的棕色神圣木刻，接着又成了一团伴随着忧伤收拢的黑影。这每一幅幻象的线条都与他瘦削的轮廓相异，然而那真实的轮廓线却正一针一针地刺在她的脑子里，令她心惊。

“你从我身上能看见什么？”她把脸埋进他的怀里问。

“你想听真话？”

她点头。

“行刑队。”

“这不是真话。再说。”

“无止境的欲望。”他语气中略带苦涩。

“太模糊了，也太简单。再说，”她还想听，“再说一个。”

他沉默了几分钟。

“一张国家地图，在上面我以夸张的象征形式存在。”

“这又太玄乎了。我们之间有什么共同的象征形式呢?”

他似乎露出了微笑，问她是否觉得好点了。

“我很怕，”她说，“我这一辈子从没这么怕过。”

“又不是老得快死了，”他回道，“站起来。”

“我站不起来。”

“那就躺下。”

他找来几块毯子，给她在拖车上铺好了床，让她的头枕在一包毛皮上。他继续抱着她，不过神思已游向他方，她则一遍又一遍地亲吻他的喉结，手伸进他的上衣里。他咕哝了一声，不急不慢地拿出她的手，又陷入沉思。她仔细端详他的项链，很快她的注意力全被项链吸引。一个圣克里斯托弗头像圆挂坠，一串蓝眼睛似的清透玻璃珠子，一条皮绳上挂着许多野生动物的牙齿，三圈在黑暗中熠熠发光、皎洁如月的珍珠，一枚极纤细的黄金叶子花环，样子既美丽又古老。

“我想要一条项链，”她说，“我想要你这串珠子。”

“你真是欲望的奴仆，我不会把我的符咒和护身符给你，我怎么能没有它们?”

她想要的其实是那串叶子，那金色的叶子仿佛长于伊甸园。她的双手环绕着他的脖颈，也成了一串项链。这时拖车发出咿咿呀呀的声音，有人上来了。多纳利的阴影笼罩着他们，他手里提着灯笼，拿着酒壶。灯笼里的蜡烛散发出淡淡的香草气息，闻起来既新奇，又有家的感觉。

“喝点酒。”说着他放下芳香的灯笼，递给他们酒壶。

“你先喝。”珠儿说，他与往常一样警惕。他的老师喝了一口，珠儿才接过酒壶。多纳利爬进拖车来，把拖车弄得前摇后摆。他清出一块地方，不请自坐。他们三个挨得好近，彼此的呼吸声都听得一清二楚。营地正沉浸在安眠的宁静中。珠儿喝了一口后，把壶嘴递到玛丽安的唇边。

“来点吧，对你有好处的。”

她吞下一口这粗制的酒，然后更紧地抱住他。他将一块毯子盖在她的腿上。

“父亲，”博士和蔼地说，他猝不及防地提起这个话题，“要做父亲了，你感觉怎样？”

“心满意足。”

“她对于做母亲怎么想？”

“我猜，她很不情愿。看看她，这女人已经变了，可谁知道这能持续多久。”

珠儿怦怦的心跳声，将她的耳朵震得半聋，再说她也没兴趣加入这两个男人的对话，他们在她头顶上方张合着嘴，这些话又似乎不是从他们口中说出的。她时不时地亲吻丈夫的手腕和喉咙，他则漫不经心地轻拍着她的头。她好像已成了他的家人，困了就可以像珍一样趴在他膝盖上小眯一会儿。

“她说那是我的孩子，你信吗？不过不管是不是，我都要接受父亲的角色。”

“我相信她。你娶了她之后，你的兄弟不会冒鞭刑、绞刑的危险去碰她，我儿子也就今天才接近过她。”

“他才十三岁呢！”珠儿赞赏道。

“现在我得时时刻刻把他拴住了，”多纳利思忖，“不然他会像病菌一样在部落里到处播种。他告诉我后，我狠狠打了他，把他拴在了树上。他现在都没脸乱叫了。”

“那她是真累了，”珠儿咧嘴笑道，“我也累了。”

“别放松警惕。”

“什么？难道她的手指在给我下咒吗？你在睡吗，玛丽安？”

“她没睡，再给她喝一口。”

“她看起来真小。我在她这个年纪时，还单纯得很呢，你记得吗？”

“当然，你第一次出去打劫时可不是吓坏了。”

“才没有。涂上脸穿上战袍，我就不再是我，而是恐惧的化身，一件杀人机器。”

“她那时看着你。”

“她的目光又让我成了另一种身份。她不在我身边时，我会想象她正戴着长到手肘的黑色手套，骑着马在我身后，等待时机取我性命。”

“等待你孩子的是怎样的未来？”

“那等待你孩子的呢？你为何不现在就杀了他，为何要继续拖下去？”

玛丽安咬了一下他的手，他贴近她的耳朵说：“别得寸进尺。”

“如果你不担起责任，等待你孩子的是怎样的未来？”

“什么责任？”珠儿讶异地问。

“是你自己想惩罚贝儿的吗？”

“不是。”

“是你自己想娶她的吗？”

“不是。”

“你自己会想构建一套权力系统吗？”

“不会。”

“你都不界定选民，又如何做摩西？”

“我一点也不想做摩西。未来就是一个梦。”

“是希望。”多纳利提醒道。

“希望。”珠儿重复道。他端详着手指上的戒指良久，说：

“也许我该让她去找教授们，至少他们还在假装促成此事。博士，我会把部落交给你，随你怎么处置，让玛丽安做我投降的白旗，我带着她骑马去找教授们。也许现在就是投降的时候。”

“把她叫醒，问问她他们会怎么处置你。”

珠儿摇了摇玛丽安，发现她早已醒了。

“他们一看见你就会开枪打死你。”她说。

“如果我先派你去通报，告诉他们我是来投诚的呢？”

“他们会把你关在笼子里，让大家围观。你会成为异类，就像一头会说话的野兽、一块陨石。”

“如果狮子会讲话，我们也听不懂。”多纳利说。

“如果我展示出我远超常人的智慧，以及我所受过的非正统却极为优秀的教育呢？”

“野蛮人是人形兽，教授是勒普泰岛[1]人，”她说，“而且你所受的教育并不符合他们的标准。”

“不要拐弯抹角，直接回答他的问题。”多纳利说。

“他们会不敢接近你，怕你咬他们，还会剪掉你的头发，给你的背拍照片，犹太教基督教圣像的真迹，他们会很感兴趣的。他们会脱掉你的毛皮大衣，给你穿上深色套装，给你进行智力测试，你要把方块和圆连起来，把圆和方块连起来。还会给你做天资测试、动手能力测试、罗夏墨迹测验[2]、内向/外向测试、血液检验，等等。你所做的每件事、所说的每句话都将被记录、评估，入睡、醒来，事无巨细，以此归纳出你的不同之处，每个词、每个动作他们都将解读、研究。最终你会成为注释庞杂的文章。你会被浓缩成一本书。而且你大概会与心理学家同住，每时每刻你都会被当作一个异类。”

---

1 《格列佛游记》中的一个飞行浮岛，岛上居民是一些好幻想、不务实、行为怪诞的哲学家。

2 罗夏墨迹测验（Rorschach Inkblot Test），由瑞士精神科医生、精神病学家罗夏（Hermann Rorschach）创立。通过向被试者呈现标准化的由墨渍偶然形成的刺激图版，让被试者自由地看并说出由此所联想到的东西，然后将这些反应用符号进行记录、分析，进而对被试者人格的各种特征进行诊断。

虽然她说的句句属实，他们会对他那股狂野不羁的神秘美感造成无法挽救的伤害，但此刻她却如此思念那片祥和安宁。现在的她病得太重了。

“你呢？你会来我的房间或笼子看我，施舍我一点关爱吗？”

“不会，”她说，“如果你不再是野外的这个你。”

“给她酒。”多纳利说，她的回答让他很满意。

“我从没真正打算把自己献祭给她那儿的人，”珠儿一边看着她喝一边说，“不过如果我为了孩子妥协，等待我的会是什么呢？”

“等待你的会是在突袭中被击中，你雄健的躯体被扔进土坑，连同我的杰作一起被埋葬，多么令人惋惜。”

“无论到哪里，我都注定成为供人观赏的展品。”珠儿说。

“我也是个知识分子，难道你对知识分子还抱有什么期待吗？我们习惯了审视事物，但毫不在意被审视对象的感受，为什么要在意？她要晕倒了。”

“没，她还在亲我。有点骨气，姑娘，振作点。从容地拥抱你的命运，这很重要，就当自己是世界末日的夏娃。”

“莉莉丝[1]，”多纳利文绉绉地说，“叫她莉莉丝。”

“这寓意可不好，而且莉莉丝这名字太老成。”

“她是小莉莉丝。”

---

1 莉莉丝，在苏美尔神话和犹太教的拉比文学中是亚当的第一任妻子，是上帝用泥土所造。因不愿雌伏在亚当身下而离开伊甸园。她也被记载为撒旦的情人、夜之魔女，也是法力高强的女巫。

她对珠儿说："你这么美丽，你一定是真的。"

"这逻辑关系不成立。"多纳利反驳。

"但我想，渐渐地，我会相信我的所见。小时候，我们会玩'英雄与恶徒'的游戏，但是现在我分不清了，谁是英雄，谁又是恶徒，如果眼见都不能为实，那我不知道该相信什么。没有人能教我谁是谁了，我父亲已经死了。"

"那你得自学，"珠儿说，"我们不都是自学的吗？"

"把你的孩子给我，我会把他变成虎孩。"

"他会被你弄死的。"

"这些年，我的技术更娴熟了，我不会伤到他的。刺青是后天启时代最有价值的艺术，要以鲜活肉身为材。"

他清了清喉咙，仿佛在演讲似的，但是珠儿打断了他。

"反正她会生个女孩儿。一个黑黢黢、恶狠狠的小个子姑娘，为了让她开心，我会把心挖出来给她玩。上次你为什么要给我和她下药？那也是恶魔的手艺？和你杀我父亲一样的手艺？"

"他是一位想长生不老的老人，可他得了癌症。这些你不懂。"

"那为我做一件事吧。"珠儿缓缓地说。

"嗯，好的。"多纳利狐疑地回答。

"放了你儿子，把锁链扔了。"

"为什么？"

"来向我证明你配了药但你没有想杀死我的父亲。"

"真是毫无逻辑。"多纳利说，他站起来，爬到一个箱子上，向着拖车外解手，完事后他又坐回珠儿身边，手臂搭在珠儿肩上。

“我把你当作我的亲生儿子。”

“你杀了我父亲不就成了我的父亲？难道你还吃了他不成？”

“我自认为对你负有责任。”

“怎么，你想把我也杀了，所以在这十年里，你才一次又一次尝试？”

“我把自己所知道的一切都毫无保留地教给了你。”

“警惕，你确实教会了我警惕。还有遗传学，形而上学，一些巫术把戏，以及几句古书里用死去的语言写成的名句。”

“现在跟我学还不晚，你只要听我的，我就会让你有未来。我可以让你变得令人生畏，这些流亡之徒见你经过就会噤若寒蝉，自动列队。我可以让你成为一位政治家，你会成为所有人形兽的国王，所有教授的君主——他们也急不可待地需要一个神话，呼唤一位英雄。亚洲‘真主之鞭’帖木儿大帝[1]在你这个年纪时已经征服了半个世界，不过你很快就可以迎头赶上。”

“放了他。”

“谁？”

“你儿子，我弟弟，如果你是我父亲的话。”

“我怕他。”多纳利沉默许久后说。

1　埃米尔·帖木儿（1336—1405），出身于蒙古巴鲁剌思氏部落，帖木儿帝国的开创者，自称“真主之鞭”。

一声战栗的号叫刺破黑夜，玛丽安从珠儿的怀里抬起头来聆听。

“放了他，我就什么都听你的。你要我扮沙场英雄都行，只要你放了他。”

“但是，会有什么后果呢？”

“如果你不肯，不如把他交给教授们，让他们把他关进笼子，给他验血。”

多纳利摇摇酒壶，听见没酒了，便将它丢在了拖车上。

“带上他还是丢下他？”

“带他走，你也别回来了。你回家去吧，我烦你了。”

“别立刻做决定，再想想。”

“你既然有害怕的东西，我还怎么能相信你呢？把你的咒语和祷词带到别的地方去吧，还有那条什么也预言不了的破蛇。我再也不想见到你了。”

“但你仍需要我。”

“把你儿子放了，你还可以留下来。”

“我走之后你会怎么办？继续打劫？还是安定下来开垦耕种？”

“她很聪明，她会有主意的。”

“我会离开你，”她恼火地说，“只要孩子一生下来。”

“你永远不会，”珠儿轻蔑地说，“就现在，你还在跟我腻歪呢。”

他把手放在她的双腿间，但她说：“这不意味着我不会离开你。”

“也不意味着你会，”他接她的话说，“但这意味着离开比来要难。”

“蜡烛要灭了，”多纳利说，“我去睡了。”

“看来我们最终还是到了分道扬镳的时候。”

“你真这么想?”多纳利说。他站起来舒展筋骨，臂膀仿佛可以撑起天空，珠儿和玛丽安好似匍匐在他脚下，然而这错觉只是一晃而过。他跳下拖车离开了，只留下燃尽的烛灯和喝空的酒壶。现在只有漫天星辰和苍凉黯淡的新月发出清幽的微光。

“所有人都睡了，”珠儿说，“但是我可怜的弟弟仍在遭罪。你说，那是他儿子还是贝儿在叫?”

她的手指在他的金叶子上流连。突然，他猛地将坠饰从她手里拽出，用她从未听过的、冷静理智的语气说：“我很绝望，我已经忍无可忍了。”

“别丢下我一个人!”

他将她推倒在麻袋上自己离开了，她孑然一人在天空之下，没了保护。在这同一片天空下，村民们在瞭望塔和铁丝网的保护下正睡得香甜，外面的人进不去，里面的人也出不来，只有她这个女叛徒依然清醒。旅人随意地在荒野中沉睡，异民在隐秘的兽穴里沉睡，野兽在恶臭熏天的兽穴里沉睡，鸟儿在栖身的树上沉睡。这球形世界，于天河中旋转，现在却被无忧的睡眠占领，一切生灵都没了防备，此刻共同的卸防抹去了彼此之间的区别，他们头顶的天空如同一面沉重的盖子，不可阻挡地压向它阴影之下那些脆弱或将变异的身躯，直至将其全部碾压灭绝。球形画面逐渐扁平如玛丽安的手掌，它震荡、缩小，最终化为她身下的碎木头、粗羊毛、兽皮，她所熟悉的一切。她回过神来，天空又恢复了原来的模样，珠儿也回来了。她很是惊讶，她以为他永远都不会回来了。

“我给你带了一份礼物，项链，你要的。”

他手里拿着几圈冰冷的金属，是那个孩子的锁链。他俯下身子，兴奋地要将她绑起来，但她轻松地挣脱了。

“珠儿·李·布莱德利，你这个卑劣的小贼，你又喝醉了。”

他问起夜里早些时候她曾问过的那个问题，但是情绪比她先前要激动得多。

“你从我身上能看见什么？”

“我闭上眼就能看见你的脸，虽然我也不想。”

“跟我猜的差不多。”他说，任由锁链滑落在地。之后，他们睡了，两人都疲惫至极。次日一早，他让她去找格林夫人，格林夫人放下搅粥的勺子，带她到破畜棚相对隐蔽的地方去，脱下她的衣服检查她的身体。

“我估计，已经三个月了。”她说。

她们周围的绿色杂草鲜嫩多汁，长得齐肩高，在玛丽安的胸前投下精致的绿色阴影。

“你的例假停了吗？你怎么不告诉我？”

“我没注意。”

格林夫人拥抱她，亲吻她，让她穿上衣服。玛丽安衣服上的镜子碎片在蓬勃的晨光中闪烁，如同无数小眼睛从睡梦中醒来。

“你现在得好好照顾自己了，不能在尘土和淤泥中长途跋涉，这对孩子不好。”

“珠儿去哪儿我就去哪儿。”玛丽安镇定自若地说。

“你真是中了邪了，亲爱的。”格林夫人语气中带着忧伤的满足，她又亲了她一下。玛丽安意识到这女人误解了自己的意思，以为她想一辈子与珠儿形影不离，玛丽安正准备纠正，却见门口闪过一道猩红。

是那个孩子，没被拴着，正穿着珠儿·李·布莱德利那身早已腐坏的猩红色绸缎结婚礼服，下摆直挺挺地垂在地上，盖住了他的光脚。他从门口经过，啃着一块排骨，每走一步都要踢开礼服的下摆。一只骨瘦如柴、毛发渐疏的土狗跟着他，好奇地闻着他的袍子。他神采飞扬，脸上闪耀的光彩如灼灼烈日，相形之下，岁末黯淡的太阳似乎失去了往日的光华。

七

格林夫人检查玛丽安时，珠儿来到溪边，将那孩子的锁链扔进了水里。回到营地，却发现博士正在找他。博士手握珍珠柄的左轮手枪，朝着珠儿猛开一枪，但是珠儿躲开了，并随即将博士打趴在地。格林夫人和玛丽安从畜棚出来，发现多纳利仰面躺在苹果树旁的草地上，正是贝儿受鞭刑的地方。珠儿站在他身边，拇指在刀刃上来回滑动，整个部落聚拢过来，惊异惶恐之中围成硕大的一圈，一同围观这位失势的萨满。

“我还没杀他，”珠儿对玛丽安说，“我想听听你的主意。”

“粥烧煳了。”格林夫人说着回到灶火边。

“你继母不管你了。”多纳利博士说，他的深色眼镜已被打成碎片，落在了他一侧。在清亮的晨光中，他微微眨了眨眼睛。

“开膛示众?”珠儿问玛丽安，然而她却将他手里的刀打落。

“看看他们，他们都在看着。要当心，他们都尊敬他。”

“听她的，”多纳利赞成，“她不傻。”

“你，安静点。”

此情此景如同行刑的一次戏仿，只是观众们一头雾水，不晓得发生了什么，也不清楚该惧怕谁。

“放他走，”玛丽安说，“让他骑上他的驴子离开，不要杀他。”

“真该这么轻易放他走吗？”

“在大自然的国度里，也许野兽会吃了他，替我们完成使命。”

“没有我，你就独自一人了，”博士对珠儿说，“从今往后永远孤独，无人相伴。”

珠儿踢了他一脚。这时候那孩子来了，像蔷薇一样红，满手攥着那老人的胡子和紫色的千屈菜毛茸茸的茎头。他一眼就明白了形势，随即癫狂地手舞足蹈起来，将松软的灰果子撒在他父亲身上。

“珠儿，我知道你拿结婚礼服给他蔽体，虽然这有点滑稽。”多纳利表示赞赏。

“这个名字充满了起名人对我的爱，不允许你再叫我的名字，”珠儿把刀放到一边，用决绝的口吻说，“不过你就要走了，以后也不需要再叫我了。”

多纳利站起来，那孩子向后面欢跳而去，撒下一捧紫色的花朵，仿佛飘飞的云彩。

“看看他是怎么对待他的老朋友的！”他冲这群野蛮人愤然道。

“我说什么他们才信什么，这是我的特权。”

“我走之后，你肯定会继承我的理念。但是你无力驾驭，就像因纽特人不会开火车一样。”

“你全身都是泥，不过我不给你时间清理了，你就这样走吧。”

“我能带走我的书吗?”

“我要烧了它们。”

“我的药呢?”

“我要把它们投进最近的小溪，把所有鱼都毒死。”

“我儿子呢?”

“如果他想走，他可以走，不想走就留下。”

“多么宽宏大量啊。”多纳利冷冷地回答。

约翰尼牵来驴子，鞍具已上好，博士以往日的风采骑上驴子。他深鞠一躬，郑重道别，声音洪亮，宛如神谕，足以让每个人都听见。

“她将诞下恶童，分娩之时受尽折磨。你们将经历难以置信的恐怖灾祸，而到那时她会背叛你。”

此处该有闪电，但闪电并未出现。

“快走。”珠儿说。他发须蓬乱，衣衫不整，凌乱的发辫沿肩膀垂下，脚赤裸着，但是如往常一样，周身闪烁着玻璃、金饰和宝石的光彩。这位“黑暗王子”此刻失去了绅士气度，周围鸦雀无声。多纳利的驴子低下头吃起了草，多纳利一反先知的做派，竟像个孩童一样，套近乎似的小声乞求:

“让我最后看一眼我的杰作吧。”

“我想不必了。”珠儿说。

玛丽安担心这时会有人冲过来支援这位萨满，某个男人拿起步枪射杀珠儿，或是女人拿石头砸他，但是并没有人动。多纳利从衣服内袋里掏出长笛，吹起了一支甜美动人的曲子，这似乎是他的最后一张牌，他的王牌。珠儿从他嘴边夺走长笛，在膝盖上折成两半。多纳利愤怒地撒开双手，长叹一声。

“赶我走，”他说，“抛弃我，就是抛弃艺术，抛弃文化，抛弃智慧和幽默。”

约翰尼的眼睛紧盯着珠儿，像是在学习驱逐的神秘法则。玛丽安心想：“约翰尼这人绝不可信。”空气中传来粥烧煳的气味，格林夫人站在火边紧张地关注着形势，竟忘记了搅粥。

“看着点，别让人从后面开枪偷袭我。”珠儿对约翰尼说。过了一会儿，约翰尼拿来他的步枪，对准人群。珠儿拍了一下驴子的屁股，拉起缰绳。玛丽安跟着他们，但是多纳利的儿子已经没了兴致，头都不回就走开了。驴子在两旁张牙舞爪的荆棘间优雅地迈着步子，勺形的耳朵一步一抖。

“我会烧了那条蛇，不管它是真的还是假的，还有你的面具、羽毛袍子，”珠儿说，“就当你从来没有存在过。”

“别太自信，”博士说，“我已经留下了印记。你难道真的要定居下来开荒种田？你会成为自然的蠢奴，你只会种出有毒的植物，你永远都不会自由。”

“我不关心未来，也许她偶尔可以关心一下。”

到了那条绿色大道，他们面面相觑。在这临别时分，他们竟突然间疑惑起彼此间的亲疏远近：这位少年和他的老师有着多年的古怪情谊，这女孩和她的丈夫是一双被宿命戏弄的痴狂鸳鸯，而这女孩和萨满之间又以共同的语言维系着。同时，这女孩和少年都饱受丧父之痛。

“你们两个，跟我走吧，”多纳利说，“我将保你们周全，我去找教授们，告诉他们你们是我的儿子和儿媳，被森林里的野蛮人掳走的。他们会待你们毕恭毕敬，唯恐不周，就像十八世纪的法国学者待休伦人和易洛魁人一样。”

珠儿用手捂住脸，这凭空出现的新机遇让他不知如何应答。最终他开口：

“我没法信你。你说服不了我的。”

“玛丽安，那你跟我走吧，就当你这考察野蛮部落的任务完成了。”

“难道我一直以来竟是在考察野蛮部落！”她想。

珠儿透过指间看她，他如炬的目光摄住她的心魄，让她心生踌躇。

“还不行，”她婉拒，“我的任务还没完成。”

多纳利的脸立刻阴云密布，邪火升腾，如同他的面具一样诡异、斑驳。

“好吧，”他说，“既然你们选择了自己的路，那就要一条道走到黑。”

说完，他就走了。他硕大的身形使胯下的家畜显得袖珍娇小，走了好久、好远，他那身躯才不再让人心惊。玛丽安在岸边坐下，珠儿面无表情地站在路中央，直到多纳利消失在拐弯处。这时候，他的儿子慌不择路地从玛丽安身边冲过，蹭着岸边的鹅卵石溜了下去。他气喘吁吁，刚刚跑得太急了。

“他从哪边走了？”

珠儿指了指，那孩子好似一颗射出的猩红色子弹，或是一只踢飞的红球，沿着他父亲离开的方向飞奔而去，消逝在浓绿之中。过了一会儿，珠儿开始大笑，一边困惑地摇着头。

“血浓于水，”玛丽安试图解释，“仅靠我们自己，能在森林里活下来吗？”

话一出口，她才意识到自己说了什么。想到自己和她的珠儿，某种程度上是紧密相连的，她不禁悲从中来，因为对于自己深信不疑的自由，也许她并不是真的渴求，只不过是一腔热情的执念罢了。不过，这样的信念不就跟确凿的事实一样可以支撑她吗？她意识到自己脑中迸出的语句好似多纳利写在墙上的隐晦标语，很是惶恐。她呆呆地盯着路中间蔓生的一片杂草。

“我们怎么生活？”

“在废墟里，或者洞穴里。”

“那你自己一个人带孩子？如果我死了，你来剪脐带、洗尿布？如果我受伤了，你知道怎么办吗？而且没人给你准备吃的。如果你中了异民的箭，该怎么办？如果我的兄弟拿着枪和套索来追捕我这个叛徒怎么办？”

她一时之间无法给出答案，只是耸了耸肩。

“我们现在回去。”

“干吗?”

“吃饭。”

“然后呢?”

“上路。”

“去哪儿?”

“海边。”

“然后呢?”

“你话真多。”他说。他喉咙处的蓝色挂坠宛若天空的一角。

“圣克里斯托弗是旅人的守护神，会在危难时保佑旅人。”她鼓励着他，声音却有些虚情假意。

“大路上鬼最多，比如，能自己跑的鬼机器。啊，你把结婚戒指放哪儿了?”

“不知道，掉了吧。”

“那你还指望我怎么信你?”

他向来以表象解释事物，她很难理解他。他们回到营地后，他兑现了对多纳利许下的所有诺言。他焚烧了书籍，倾倒了试剂，焚毁了草药，博士留下的物件无一存留。那的确是一条死蛇，一条标本蛇。他将它从笼子里取出，在所有人面前切开肚子，露出其中纷飞的木屑，然后扔进火里。书籍在火焰中摊开、变黑，如同受困的乌鸦，巫师的羽袍长出双翼，于火间乘风而去。多纳利留下的一切都化作尘灰。众人惶惑不已，他们的沉默如今平添了一层可怕的新含义。

“过不了多久他们就会对你做抵挡恶魔之眼的手势。”玛丽安说。

“那我就该行使一下我的权威了。”他回答。

“他疯了，”格林夫人说，好像她真以为他只是因为疯了才这么做，“他不知道自己在做什么。”

“他们认为是我蛊惑了你，”玛丽安说，“你这么做无疑是将你我推入险境。”

他把多纳利的锅碗瓢盆等物一应塞进袋子，拖到小溪边，让它们随锁链沉入水底。正午时分大扫除完毕，篝火残存几丝余烬，部落再次上路。那日，珠儿无论走到哪儿，他身边都跟着一个兄弟，好似他的保镖。贝儿伤未痊愈，骑不了马，缠着绷带四仰八叉地躺在格林夫人的拖车里，随着颠簸的节奏呻吟，时而还神志不清地发一阵狂，不过格林夫人很高兴，又有孩子陪她了。玛丽安徒步走在一旁，一再拒绝上车避尘。风渐渐清凉，令人心神畅快，一群白色的海鸥飞过，发出神秘的叫声。

“格林夫人，海是什么样子的？”

“巨大的一汪水面，一日之中潮起两次，潮落两次，除此之外，与别处的水面没有什么不同。但今日是到不了渔村了，谁叫他出发得太晚，都怪他心血来潮。看来今晚我们得在路边扎营了。”

他们来到一处人造峡谷，两边是低矮的灰色石建筑，其中有几间屋子还能住人。从前行车的铁轨如今长满了灌木和大树。有间屋子里满是生锈的铁杠杆，墙上挂着一座钟，钟的玻璃罩面微微打开，钟面上蛛丝密布。房间的门板平躺在门外破碎的路石上，但房顶还结实得很。夜晚降临，她被需求或欲望的困惑吞没，虽然多纳利已提点过她。如果她只是对他怀有欲望，那事情就简单了，她可以一边发泄欲望一边讨厌他；但是如果她也需要他，局面就不同了，此种情形下，会产生一连串悲伤的可能性，一切都指向同一个结果——她会被改变。一时间她心绪纷乱、恼羞成怒，她用指甲在他背上狠狠划过，划出几道深深的口子，像是要将他背上的画撕下来似的。她把指尖浸入渗血的凹槽里，搅了几下放进嘴里品尝。他的血和一般的血味道差不多，没有什么特别的。

“你以为会是什么味道？”他问道。

他像那座钟一样纹丝不动，钟恐怕在他出生之前，甚至他父亲出生之前就已经停摆了，但她知道他没睡。她猜想，他是不是在等待着某人趁这夜色悄然靠近，给他一刀。但是什么动静都没有，只有干树枝在火车曾经穿梭的道上燃着，噼啪作响。她躺在自己那一边，也尚未合眼。她将手放在肚子上，试图感受腹中婴儿的形状，子宫笼罩下的黑夜里，那婴儿正用她的血与肉编织着自己的皮肉，而她却无法阻止。过了很久，珠儿起身开始穿衣，等他走到门口，她开口问道：

“你要去哪儿？”

黯淡的星光下，他显然吓了一跳，她看见了他的眼白。

“你去哪儿?”

“去海边。”

“有多远?”

“山那边，我去过。”

这时候天已冷极了，她用毛皮把自己裹得严严实实，跟着他一起出去，两人都赤着脚。他们在皮帐篷和灭去的篝火间穿行而过，小心避开摊着身子沉睡的狗。布鲁在营地外值岗，此时也已经盖着毯子睡着了，怀里还搂着个姑娘。

“偷腥小贼被逮个正着。”珠儿说着准备摇醒他，玛丽安拦住他，这一男一女熟睡的样子如此温馨祥和，任何在月光下瞧见他们的人都不会忍心惊扰。尽管这可能并非她的本意。内心深处，也许她真正希望的是异民、士兵或野兽成群来袭，侵占沉睡中的营地，她这一瞬的动情只是对真心的掩饰。她在想珠儿是故意成全她的心愿吗，抑或是他也这么想?珠儿耸了耸肩离开了，留下这对暗通款曲的男女，不再打扰。

浓密的草丛里，他走在她前面往山上去。朦胧中她只能看见他的背影。他到达了山顶，她看见天空映衬出他逆光的轮廓。她跟随他，发现草地到了尽头，前面是沙丘。她从未见过也从未摸过沙子，于是捧起一抔来闻，这气味干燥又古怪。她拖着脚在沙子里滑行，脚下细软的声响如低声密语。沙丘散发出一种独特的淡淡的光辉。在它们低矮、圆润的身形之间，偶尔生出一小撮粗劣的草，形态间满含暧昧的意味，随时都有可能引得他们两人欲火中烧。轻薄的沙壳在她脚下破碎，刺脚的蓟细小到她在黑暗中看不见。珠儿在沙丘顶再次现身，周身饰物发出清音。当她到达他所站之处时，她看见了海。

她面前这一片浅滩，琐碎杂陈，沙砾闪烁，潮已退去，潮汐线那边留下脚踝高的杂草、像手掌一样宽大的沾着淤泥的贝壳、浮木和形态各异的海中碎石。珠儿向前跑去，下了丘峰，穿过海滩，直向远处波澜起伏、新月浮动的大海而去。他停下的地方，微波破岸，发出奇妙的声响。玛丽安也随他而来，步履较他沉稳些。

他们的前方和四周满是海中珍奇，玛丽安甚至都叫不上它们的名字，从前这些物种可都曾被分门别类。这些扇形的、叶状的、带状的、环状的、圆形的水生生物，都曾经在分类系统中有自己的位置，例如漂积海草、大型海藻、掌状红皮藻；毛壶、黏海绵、象耳海绵、血红海绵；玻璃海鞘、柄海鞘、球结海鞘、拟菊海鞘（又名星海鞘）；沙蚕、沙虫、管蠕虫；柳珊瑚、海葵、水手珊瑚、沟迎风海葵、念珠海葵（又名沙海葵）、宝石海葵、花梗仙影海葵、杯子珊瑚、刺状水螅、墨角藻；棘皮动物门下的品种，如海蛇尾、毛头星、嘴里吐出白须的海参、十条羽状长臂在海中挥舞的海百合、水母。除此以外还有许许多多的名字。

这些生物，失去了姓名，从创造中逆行而回，又归为混沌的一部分，在这个无序的世界中只为自己所知，不为他人所道。人类早已不再以赐名的方式了解万物、增加现实经验了，它们便也沦为聚居地哨所之外那些无名无别之物的一员，见证着这边缘地带的日益扩张。珠儿和玛丽安沿着这片开阔荒僻的海湾走着，他们无意探索勘察，如同晚来的游客，没人通报和迎接，执意闯入。

他们朝着在沙丘顶端望见的那处岬角而去。玛丽安踩在他轮廓清晰的脚印上，里面已积了水。如果他和她离开部落，他们有可能成为异民，屈服于无名无姓的混沌中，这是最坏的情况。可最好的情况，也不过是创立新种族，生活在与世隔绝的秘密洞穴中，与死亡做伴，让一代又一代的新生儿从母亲的乳汁中汲取合乎时宜的冷漠。这个无畏而理智的种族不会被情感蛊惑，不会像她一样情不自禁地走在这个如底片般苍白的身影之后，不愿独自回家。她是无法教会自己的孩子如何冷若冰霜了，她自己一点都做不来，她的计划已经全盘落空。她略带苦涩地说：

“你是我一生中见过的最美之物，就算在画里、书里也没有你这样的人。你，满身珠宝，脸涂彩料，穿着毛皮，配着刀枪，就像古代的倾城美人，只不过你是一个男人，还多了几分邪气。我真希望能把你泡在一个大罐子里，放在我那安静房间的壁炉上，天天看着你，想象你的神采。这也是你最好的归宿，你这样一尊行走的艺术品，既然那位好博士教给了你许多你本不该知道的事情，你倒不如成为展品，令知识分子们惊叹。你啊，你什么都不是，你只不过是我处子时代的梦魇之子。”

他对她露出不以为意的一笑，却只字未答，她便继续贬斥他。这时他们到了海角，当她看到海角那边的景象时，她沉默了。

这是一座被时间侵蚀的城市，大半浸没在海水之下，塔、穹顶和屋顶与自身的阴影、倒影融为一体，像是飘浮在半空中，置身于夜晚的云朵和星辰之间。很久以前，海洋以万钧之力，劈开海岸边紧密的岩层，海水席卷废弃的大道，或细嚼慢咽或大口吞食周边的石头、砖头、粉灰、金属和水泥。如今，卧室里游着漫不经心的鱼儿，浸没水中的镜子不再照人容貌，只照海草和残骸群魔乱舞。鱼儿在废弃的烤炉里游进游出，却没被烤熟，它们成群穿行于镇上的舞厅、店铺、酒店这些从前用于玩乐的场所。夜晚，风几乎停了，海浪轻轻地呼吸着。

伸出水面的锻铁宣礼塔、教堂尖塔和战盔式穹顶中间，矗立着一座巨大的时钟，它的指针静止在十点的位置，究竟是早上十点还是晚上十点已不得而知。这座钟由两只手捧着，支撑在凸出的肚皮上，所持之人是一座形态丑陋的石膏像，脚尖点水向上蹿出，好似一位守护神，底座已完全没入水中。这是一位体态雍容的女人，全身仅靠一件连体泳衣蔽体，如山一般的巨乳几乎要倾泻而出，乳间沟壑的阴影中栖息着一窝海鸟，雕像全身溅满了白色的鸟粪。日光下，女人的泳衣上还残存着几缕亮丽的蓝色，肉身也还留有几处细嫩的粉色，但是夜晚将一切颜色都漂净了。她那一头蓬松的齐肩鬈发，以撩人的姿态甩在身后，脸虽然已被咸湿的海风侵蚀，却仍留有一双扭曲的巨唇，开怀的笑容中，露出一副精致的石膏牙。这双眼睛曾经在夜晚闪耀，眼窝里曾装有蓝色灯泡，而钟面轮廓也曾用五彩灯泡点缀，可如今这些都只是无人记得的回忆。雕像旁边，一只巨型轮子从平静清澈的海水中露出顶部。

这座水下城池的那一边，地势高耸，矗立着一处高崖，海水想征服这悬崖必然要用许多个世纪，然而沧海桑田之后，海水终究还是得逞了，如今海浪正拍打着它的崖岸。别看这些“灰色海马”眼下安静沉寂，它们在春秋分交际的风暴里将会变为好斗的狂徒，它们不仅心中嗜血，更是将自己的身体化为导弹，大卵石、小卵石、研磨砂，无一放过。它们会驱动身前的空气，令它直击崖壁。甚至空气本身都是这悬崖的敌人，它由海中释放，在空中爆炸，撕裂悬崖峭壁。海浪会以这种方式攻击着崖壁，直至其上半部彻底坍塌。

但那一天还很遥远，悬崖上现在还矗立着一座白塔，像是一根熠熠生辉、指向天堂的手指。这是一座灯塔，同那女人的眼睛一样，上面的灯如今已经熄灭了，但塔依然在这里。如今已经没有飘摇在风雨中的水手感谢它助人的光芒，它失去了往日的功能，却并不妥协。对于玛丽安而言，眼前的这座白塔与她出生的那座好似孪生姐妹，她很感动，因为虽然这两座塔都已不再闪耀着救世之光，却依旧警醒着世人那无处不在的危险。这座具有象征意味、闪耀在黑夜中的灯塔让她认清了自己的决心。警惕海难，灯塔说，小心驶得万年船。运用你的智谋，灯塔说。灯塔的诚恳让她倾心。她不知道她的同伴认为那个托着坏钟的女人才更与她同根同源，就算知道她也不会理解他这想法，外族人的心理她一无所知，况且他都不会写字。

天上的星辰一个个灭了，天黑了。他们身后，海浪正悄无声息地重新占领这片空旷的海滨。她好奇，想问珠儿那个放荡的持钟人是否已隐没在大浪之中，却发现自己无法打破他那持久、黑色的沉默所形成的矩阵。他从来的路往回走，带她重返沙丘，直到海角的丘壑遮住海下之城，抑或是城中之海，海的裙边渐渐消失在他们的眼帘。他跪下，开始挖沙子。

“你到底在干什么？”

“挖洞，我要在洞里睡觉。”

他躺进去，身子一半陷在沙子里，如同一只躲在洞里的黑色狐狸。她在他身边坐下，看着他闭上的眼睑随着眼睑之下的梦境而颤动，她顿时柔情满肠，千回百转，跳起来跑开，直到与他相隔两三座沙丘才安心。从前，沙丘后面是一排排小房子。她站得很高，可以看见草木之中的水泥残骸，惊悚骇人，野蛮生长，仿佛最初的蓝图就是建造这样一片废墟，而曾经居住在这里的男男女女只是这宏伟规划的暂时过渡。房屋与树木交织在一起，界线难辨。突然，废墟中一阵扰动，只见一头狮子从木屋的窗户里跳出来，玛丽安以为自己在睡梦中。

她从未见过真正的狮子，眼前的狮子看起来与图画上一模一样，只是黑暗洗去了它身上的颜色。她看见了狮子的鬃毛，以及那从阴影进入沙丘的途中一直在摇摆的穗状尾巴。它停住嗅了嗅鼻子，轻轻地咕哝了几声，又继续在沙丘间蜿蜒前进。不知不觉间，她又回到了方才离开珠儿的地方，尽管这中间有一段距离。她想和狮子玩捉迷藏，她不相信这会招来什么危险，若说她会死在丈夫的身边，她觉得十分荒谬可笑，但一想到狮子用天真的利爪抓去珠儿的皮肤、夺走他的生命，她立刻心头一紧。

狮子在她之前到了珠儿身边，她扒开沙脊，看见狮子笨重高贵的身躯正探向他，球形大脑袋上垂下的鬃毛轻拂过他隐藏在黑暗中的身躯。世界停止旋转，大海停止流动，这海岸现在是狮子的家，她和这个男人是闯入者，只有模仿静默的沙砾，死一般的沉寂，才能骗过这嗜血的野兽，得以生还。狮子的祖先被装在笼子里来到这海岸，是为了取悦和教诲定居时代的孩子。她注视着狮子，似乎也受到了教诲。狮子的目光比烛火稳定，珠儿应该可以感受到它炽热的体温和亲近的身躯。多么诱人的死亡方式。它用鼻子和舌头仔细地检查着这个男人，尾巴在身后左摇右摆。

接着它抬起头，打了个大哈欠，似乎对眼前的猎物没有兴趣。珠儿睡得像在壁炉边一样安稳。如果狮子咬他一口，会发现他的衣服下面根本没有血肉，狮子又闻了闻他，之后漠不关心地走开了。它要回到森林里去，优雅的步伐透着神秘，皮肤下的关节和肌肉松弛地运动着。它走得不疾不徐，漫不经心。

看到狮子消失在沙丘之中，玛丽安又等了一会儿，珠儿依然纹丝未动。她等了又等，发现沙子的光泽比先前亮了，她回头看，才发觉黎明已悄然而至，几片金色云彩惊现天边。于是她走到他身边。他的身躯如氧化的塑像一样黑，可他的眼睛是睁着的。她记起图画中的古代埃及人，他们曾经用油彩在死人眼睑上画上眼睛，以便逝者可以看见通往来世的路。

“吉卜赛人是‘埃及人’这个词的误传。”她冷冷地对他说，刻意与他保持距离。

“我母系家族李氏就是吉卜赛人，先不管他们战前到底叫什么。他们主要做废金属生意，是我父亲告诉我的。战后他们捡到大量的废铜烂铁，高兴极了，却又失望地发现已经没有人与他们做买卖了。你是真的吗？我是在做梦吗？是不是真有一头狮子过来舔了我的脸？”

“一头狮子来过，我看见它了。”

“狮子肯定在森林里繁衍。它们原先很稀少，但要不了多久人类就会常常遭到它们的袭击。我从前常常想，同时身为猎物和猎人会是什么感觉，一边惊恐地趴在树丛里，一边听着自己豪迈的脚步声。它舔了我的脸就走了。”

“是的，真是不可思议。”

这么说也无济于事。她在他旁边跪下，用胳膊搂住他。当她将舌头滑进他的嘴里时他却推开了她。森林里，狮子发出雷鸣般悦耳的咆哮声。

“我想今天的黎明不会到来了。”他说。

“已经来了，一切都与往常一样。”

然而，他开始把手上的戒指一个个摘下来，深深地埋进沙坑里，接着是耳环。

“你要做什么？”

“你回去吧，回去睡觉。”

“那你呢？”

“别管我。”

“你想让那狮子吃了我？”

“它已经走了，不会伤害你。”

“你要我走，那我就走。”她违心地说。

“别回头看。”

她躲在一座沙丘后面偷看他。他走下沙丘，来到海边。她偷偷跟着他。天光凄冷，预示着未来一天的阴雨。他将链子和护身符从脖子上取下，放置在水面上，此时扑来的一阵小浪把它们卷到离岸远一些的地方，它们漂浮了一会儿后，被一阵大浪吞没，消失在海洋深处。珠儿独自站在沙滩边缘，看起来像是一枚被随手丢弃的贝壳，渺小而微不足道。他走进海里。

他走得很慢，但是涌来的潮水将他拉进它变幻莫测的胸前，潮水的推力让他踉踉跄跄，但他依然坚持向前。他的头发漂浮在水面上，海水很快没过了他的躯干，只留下他的头，仿佛被斩首一般，头颅盛放在一望无际的棱纹银碟子上。玛丽安奋力穿越海滩，脱下外套，一股脑扎进刺骨的海水中抓住他。他用尽全身力气与她搏斗。

两人都失去了重心，在空气和海水中来回扭打。他咒骂、喘气，试图把她拉进水里淹死，可她躲闪迅速，反而让他跌进了水里。他呛了水，没了力气。扑来的大浪将他们冲上岸边，她拽着他的头发往前，直到海水够不到他们。他昏迷了，身体如同海中生物一样湿冷。她趴在他身上，罩住他，温暖他。过了一会儿，他恢复了意识，呻吟了几声，随即大力将她击出去好远。他爬了一小段距离后，吐出好多水。浑身湿透、忍着剧痛的玛丽安这时想起她正怀着孩子，于是愤怒地大吼：

“这是你第二次打我，你怎么能这时候打我？如果你再打我，就等着瞧吧！”

“我说了不要回头看。”

她冷得难受，找回自己的干外套裹在身上。他一边颤抖一边流泪，但她并没有搭理他，而是等他自己站起来，此刻她正恨他入骨。似乎她的救助比任何事情都有辱他的尊严，令他愤怒。夜晚结束了，他抛下她，独自先回了营地，她循着他的脚印，一路上边瑟瑟发抖边喃喃咒骂。营地里，人们正在点燃第一堆篝火。

她回到满是杠杆的房间，脱掉湿衣服后躺下。她筋疲力尽，四肢都冻僵了。意想不到的是，格林夫人给她端来了一碗粥，双手叉腰站在一旁看着她喝下去。

“发生了什么？”格林夫人问，“他看起来糟透了。”

玛丽安平静地又喝了一勺粥，然后才回答。

“他想淹死自己，我拉他上岸时，他打了我。看看这瘀青。”

她露出肩膀给她看。

“天哪，”格林夫人说，“你可怀着孕呀。”

“如果我流产了，那就是他的错。”玛丽安得意地说，她看见他正要进门，又大声重复了一遍。水从他的头发上流下，湿衣服紧贴他的身体，这位憔悴的海难幸存者，眼睛有一瞬间像珍珠一样白。格林夫人绷直身子挡在这姑娘前面保护她，但珠儿手里只拿了一块碎纸片。

“得让她给我念念。”

他把纸片放在她手中，在她身边坐下。她挪到旁边不想碰到他，接着开始细看。这是多纳利博士的名片，已有折痕且沾了灰尘，背面潦草地写着几个字。

“他写：‘救我。’”她本以为会是什么名言警句，不禁有些失望。珠儿拉起一块毯子盖在头上，咳了几声。

“快擦干身子，”格林夫人说，“你这身子可马虎不得。”

“瞧，他想找人救他。”珠儿语气沉重地说。他全身都浸了水，动作也迟缓了，就好像他还困在大海深处，上岸了也仍未脱离海水的魔力。

“这张纸片是从哪儿来的?”

“他儿子拿来的，他刚到，正从锅里扒粥喝。他说他父亲撞见几个士兵，他们拿枪对着他。他的金舌头也就这点能耐嘛。那孩子，腿脚快，逃了。”

“都是骗人的，”玛丽安说，“你心里清楚。”

他拿起毯子擦拭身子，格林夫人俯身摸摸他的额头。

“你发烧了。”

“我身上直冒火，”他说，“那海水肯定有问题。”

虽然水滴依然顺着他的胳膊流下，他却好像被这高烧烤得爆裂开来。玛丽安能感受到她旁边的热浪，但她不知道该怎么办。

“我都驱逐他了，他还指望我去救他?”

“他似乎是这么想的。”玛丽安说。

“我是真的在发热吗?”他问，似乎不相信自己的感觉。

“是的。”

“我必须去跟我的兄弟们说。”

“待在这儿休息一下。”格林夫人说。

玛丽安的心中惊起一片波澜，就好像有一条鱼“扑通”一下跳进了池塘里。她的指甲死死抠进自己的掌心，不让伺机而动的柔情占据主导，但她还是说了：

“别走。”

“说得容易。我得听从自己的良心——”

那兄弟几人正巧来了——约翰尼、本迪戈、雅各布和布鲁。贝儿伤还没好，不能活动。人一多，房间里黑压压的，兄弟几人围在床垫旁，如同四棵年轻健壮、不知名字的树。

“起来，”约翰尼说，“她给你下咒了，就是她让你把博士赶走的。你离不开她是不是，她在毒害你呀。你已经不是从前的你了。”

约翰尼身上挂着四把长短不一的刀，肩上挎了一杆步枪，皮带里还别了一把左轮手枪。他的毛皮外衣上沾着猎物的血。

“他病了。”格林夫人说。

“他病得厉害，没法去救那个骗子。”玛丽安说。

“他没时间生病，”约翰尼说，“他有任务要完成。你就闭上嘴吧，臭婊子。”

“我不闭嘴！”她大喊。令她惊奇的是，约翰尼害怕地退后好几步，做起了抵挡恶魔之眼的手势。她突然感受到了自己的力量。

“但是我要起来，我必须起来，”珠儿说，“我要去找我的老师，虽然这很有可能只是他的陷阱，我很可能会死。我要跟你们一起去，约翰尼、雅各布，还有你俩，本迪戈和连望风都指望不上的布鲁。我们一同慷慨赴死，我们——”

“你要跟我在一起，照顾你的孩子。”

“什么？”约翰尼大嚷。

“是的。”格林夫人志得意满地说。

“现在你们都出去，我要画脸、绑头发，还要看看窗外——”

李家人都信仰旧教。格林夫人好像被催眠了一样，接着他的话奇怪地说下去。

“——然后那些小狗来了，什么都吃光了，只留下她的手掌。”

“如果你去找多纳利，我就离开你。”

“好像我在乎一样。”

博士的儿子来了，嘴里吃着面包。经过昨日一天一夜的跋涉，他的袍子已经破烂不堪。

“你要去干吗?”他问珠儿，似乎他们之前正在聊什么。

“画脸，把我的油彩拿来，看着我变成午夜梦魇。”

约翰尼向其他人使了个眼色，他们像来时那样匆匆离去。那孩子也走了，去翻箱倒柜地找油彩。

“士兵要是看见你骑着黑马来，定会认为你是魔鬼投胎。”

“他们戴着玻璃面罩才像魔鬼呢。人看起来像什么就会被当成什么。”

“你们都不是魔鬼。”

“只要我们之中有一方相信，我们就是。”

“你根本不是人类，你只是一个抽象的存在。”

“野兽不吃我，大海也没有将我吞没。还能有其他的解释吗?”

“那狮子不饿，还有是我把你从海里救上来的，子弹肯定会打死你的。况且你现在已经一只脚踏入鬼门关了。”

仿佛她的话应验了一样，深红色的血从他的嘴角流出。他用手捂住嘴，血却透过指间，流到手腕。格林夫人拿来一块布给他擦干。那孩子拿来了几罐油彩和一面残缺的镜子放在地上。格林夫人抓住那孩子的手。

“这种时候，你最好不要打扰人家小夫妻。”

红、白、黑三色油彩是由动物油脂分别与红色黏土、白灰、煤灰混合而成。他小心地把镜子靠墙立起，蹲下身子，用手指蘸进各色的脂肪里。他的一举一动都沉重缓慢，他用黑色油彩在眼睛周围画了并不周正的一圈。她双手抱住膝盖，坐直身子，神情拘谨严肃，压抑着心中的厌恶。

“你昨晚是不是去寻死的？”

他没有回答，她知道自己说对了。

“如果这纸片上写的是真的，你也救下了多纳利，之后你打算怎么办，把他带回来？”

“他会把我变成虎男。”珠儿说。她仿佛看见野心的火苗在他的眼中燃起，她说：

“如果我掀开你的上衣，肯定会看见亚当最终还是接受了那刺青苹果。”

“我今天早晨睡觉时，梦见我在给自己挖坟，醒来时却发现一头狮子正在亲我。昨晚一头狮子亲近了我，狮子呀，那可是百兽之王。”

他在颧骨上画上红色。

“我现在看上去够吓人了吧？”

“吓不到我。”

“也吓不到我自己，也许我已经不懂吓人的技巧了。从前我常常把自己吓傻。”

“你把护身符和符咒都扔了，没有这些你该怎么办？”

“我应该很快就会适应的。”

她在镜中看见他快画好的脸，梦境与现实在他身上交织得如此天衣无缝，她歇斯底里地大笑，一遍又一遍地说：“你不是今天早晨那个你了，你不是今天早晨那个你了，你不是今天早晨那个你了。”画完脸后，他从角落里拖出靴子穿上。

“你忘记绑头发了。”

“今天算了。”

“你再也不是正宗的野蛮人了，你连细节都不在意，你一点都不吓人！你现在算是什么？”

“我也不清楚，”他说，“我走之前亲我一下。”

“不！”她厌恶地大叫，“你的面具如此拙劣，我已经无法仰慕你了。”

“亲我。”

“杀人犯。”她说。他纵身跳起，直扑向她，重重摔在她身上，朝她脸上打了一拳。这一次，她粗暴地回击，将他打趴在地。

“这是第三次，”她恶狠狠地说，语气中透着一分满足，“我警告过你。现在你没希望了。就如你所预料，你会死在我手上。”

他好一会儿才顺过气来，然后一摇一晃地走了。她想：“我已经打败了他。”她心中涌起一团满足的暖流。很久以前那次打破村子平静的袭击，让她第一次见识了这壮丽磅礴、富有挑衅意味的油彩，如今它瓦解了，消失了，就好像幻象无法在灯塔的白光下存活。她站起来，把剩下的油彩扔进站台缝隙中的草丛里。她把镜子也扔了进去，以防他那张光彩夺目的脸留在上面被她看见，他的脸肯定会留在某处。她心满意足地看着镜子碎了。她感到四肢沉重，胸口疼痛。她走进一间大房间，那里曾经是火车站的等候室，她看见格林夫人正在切肉。刀从猩红色的肉块中一滑而过，她感到一阵恶心。

“我们今天没法去找渔民了，”格林夫人说，“珠儿回来之前我们都得待在这儿。”

“你觉得他会回来吗？”玛丽安惊讶地问。

“我不知道，”格林夫人说，泪水静静地从她布满皱纹的脸上流下，“他不该赶博士走的，他应该直接杀了他，一了百了。是你阻止他杀博士的，你这个邪恶的姑娘，是你啊。”

玛丽安站起来，走到外面的站台上。珍坐在那儿，贴着站台边缘沿直线走。

“为什么你的脸上好大一块青？”她问玛丽安，“珠儿已经开始打你了？”

“是的。”玛丽安说。

“那你肯定很高兴不用再见到他了吧。”

“是的。”玛丽安说，可她发现自己忍不住哭了起来。她沿着石板走到站台尽头，望向灌木丛那边。她看见了远处那群人，五六个人骑着马，缓慢地移动着。他们离这儿最多一英里[1]远。

她跑得很艰难，沙质的土壤里竖着荆棘、蓟和硬挺尖锐的植物，就连杂草都表面粗糙，她的脚被割了一道又一道口子。天空是灰尘一样的颜色。她感到体内一阵剧痛，不得不停下休息一会儿，稍微恢复一点她就又跑起来，她必须要跑。她跑到再也跑不动，他们仍好远好远。她拼尽全力叫喊，她的声音嘶哑，但是清晰洪亮，多纳利的儿子转过头，她看见他猩红的袍子闪了一下。他一定告诉了珠儿，因为珠儿也转过头，但很快又转了回去。她此刻清晰地感受到“现在”是何物，这停滞的一刻既不属于过去，也不属于未来。珠儿将缰绳递给约翰尼，随后下马，慢慢走向她。她这才醒过神来，感觉到自己脊背上的汗珠，以及脚下的草叶、沙土的颗粒感。

她原来可以这样拉住他，就好像她手中有一根看不见的长线，可以使他丧失自己的意志，她喜不自胜。但是当他走近到她能看见他脸上模糊的油彩时，她发现他在做抵挡恶魔之眼的手势。她突然认出了这个手势。

“这手势曾经叫十字圣号，”她说，“肯定是随旧教教徒传

1　1 英里 ≈1.61 千米。

下来的。”

“你叫我回来就是为了说这些没用的？”

他走到她跟前，她用手指划过他的脸颊，然后看了看陷入指甲里的油彩。

“我甚至不怎么爱我的兄弟。”

他被触及最柔软的部位，赶紧躲开。

“我后来梦见那件事时——我经常梦见——我只记得你，我也很困惑。”

他抬起眼睛，他们两人满腹狐疑地看着对方，就好像是同一个阴谋的两名卧底，互相不知晓对方，却由某些信号互相暴露，他们从没想到，也从未希冀过，会发现彼此的存在，他们都从对方身上找到了可以在这个恶意的世界存活下来的希望。然而，他已容颜大变，往日的伶俐、原始之美已从他身上褪去；她也是，如今穿着破旧衣裳，面庞因缺觉和怀孕而憔悴不堪，且已多日没洗澡了。

今日没有太阳。他归队后，那一小队人马渐渐消失在依稀的灌木丛间。过了一会儿她就什么也看不见了，她觉得自己连同他们一起消失了，进入了危险的内陆。他消失后，她竟觉得她与自己的身体分离了，陌生了。她的手和脚就好像奇怪的延伸，并不属于她，她的眼睛则是软糯的果冻，她已经无法思考。

她独自一人来到海滩，搜寻他埋下的戒指，但是现在潮水已涨高，淹没了沙丘。海面在日光下是棕色的，如同一片狮毛色的无垠草原。她没去到灯塔那里，只是站着看这瞬息万变却又从未改变的海。远处，她看见一艘挂着黑帆的渔船，但是看不见上面有人。她直到天色渐黑才回去，一整天，她都无法思考。她回来时，格林夫人跟她打了个招呼，神情颇为古怪，她正在用一柄大金属勺搅拌一锅汤。

“我来搅拌。”玛丽安说。这位老妇人知道她的心思，苦笑着将勺子递给了她。

“你知道的，给他准备晚饭他就会回来，”她说，“这叫交感巫术。他会带回博士，他会比以前更厉害。”

她已经放弃他了，一如同她放弃家乡的习俗。她已打包好自己的行李，以便必要时独自上路。玛丽安继续搅汤，珍和一群孩子爬上站台顶，眺望远方寻找骑马人。屋里，炉火映照在墙上一面雾蒙蒙的碎镜子上，玛丽安俯在大锅上方，认不出自己。蒸汽中闪现出一幅幅画面，长着马或狮子面孔的男人、女人、孩子；那个她在路上杀死的浑身瘢痕的男人给她做了一把弓；奶妈那张她几乎忘却的脸得意地笑着，因为她的预言在某种程度上已经实现了；最后，她还与她的父亲重逢了，他的样貌与那座无光灯塔交融在一起，难以辨认，随后消失在缓慢升起的气泡之中。这时珍过来拉了拉她的袖子。

“我看见他们了，我看见他们了。”

“他也回来了？”

“太黑了，看不清。”

晚饭快好了，她还在拿着勺子搅，这时多纳利的儿子终于进来。房间里都是烟，他从烟中显形，如同锅里钻出的一个鬼魂。他袍子丢了，上身赤裸着，她以为他给自己涂了红色油彩，但他从头到脚覆盖的都是鲜血。他蹑手蹑脚地走了进来。

“其他人呢？”格林夫人说。

“在照料马。”

玛丽安俯身从炉火上夹起一块肉捏了捏。肉已经烤熟了。

“那是珠儿的血吗？”她问男孩。他咽了一口唾沫，呜咽了几声，表示默认。她跌倒在地，食物洒了出来。狗儿一拥而上，争抢肉块，在洒出的肉汤里厮打着，格林夫人扶她起来去另一个房间。玛丽安倒在床垫上，今后她就要独自睡在这里了。

“走开。”她说，但是男孩没走，转而去点了一盏小灯。外面，急促的脚步声来来回回。

“我要告诉你他们接下来打算怎么办，他们准备收拾好东西赶紧离开，因为士兵要来了。约翰尼想把你留下，让士兵把你带走。”

“噢，不，”她说，“他们别想这么轻易就甩掉我。我会跟着他们吓唬他们，让他们对我言听计从。”

“什么？你会成为女王吗？”

“我会成为虎女，手执铁杖，统领部族。”

他沉默了一会儿，接着说：“当时我们分开搜寻，珠儿和我一路，我俩直接进了士兵的包围圈。那是在一片小树林里，士兵朝他肚子开了一枪，后来其他人来了，把士兵吓跑了。但是珠儿已经不行了。”

“他怎么死的？”

“很快但很痛苦，约翰尼和其他人听见枪响，就大喊大叫着赶过来。”

“你父亲呢？”

“没看见。”

“所以一无所获？或者这就是个陷阱？”

“这我就不知道了，”他眼睛里闪烁着直觉的光，“但我想他们肯定开枪杀了我父亲，我敢确定。”

过了一会儿，他又接着说：“那真是一团糟，约翰尼和其他人就好像中了邪。当时两个士兵追着珠儿和我穿过那片小树林，闻起来像是松树林，子弹从树林外射进来，他倒下后其他人来了。我不知道他们到底是故意埋伏在那儿，还是在打鸽子。”

“你怎么会全身都是他的血？”

“他一直扭，咬着嘴憋住不叫，以防还有其他士兵在附近。我抱住他，想稳住他，其他人没时间管他。他嘴里一直咒骂着，其他人正在挖坑，准备给他下葬，那时我正抱着他，我感觉到他走了。我当时就这么抱着他，他就那么走了。我用鹅卵石盖住他的眼皮，让他的眼睛合上。事情就这样。”

珠儿走得那么轻易，那么迅疾，他似乎对此讶异不已，他不理解地看着玛丽安，轻轻笑了一声。他的发梢已被干血渍黏成了僵硬的尖刺。

“就这样。”他说，之后陷入沉默。

（全文完）

一场自我发现之旅——评《英雄与恶徒》

这个故事的主角，与此前许许多多的童话主角一样，必须离开家，踏上一段危险的自我发现之旅。玛丽安的父亲死于斧下之后，她铰了自己金色的辫子，烧了父亲的藏书，将他的钟丢进沼泽。她逃离所居住的安全白塔，与杀害她兄长的人为伴，闯入了一片在她所知范围之外的黑暗神秘的森林。“她不爱这里的任何人，但在这片土地之外是未知，是确凿的荒芜。”前景令人心灰意冷，但她并不害怕。她的野蛮人同伴要是捂住她的嘴，她便咬他。“愤怒——而非恐惧——总是占据着她心中的高地。”这是一个对教授们的高知生活深感无趣的女孩，她讨厌村子里的节日和传统，不想结婚，厌恶他们那套掉书袋的语言。她是一个不愿和其他孩子玩耍的“严肃”女孩，绊倒了天真顽劣、一心只想扮演英雄的小男孩，弄得他满地打滚、号叫连连。那男孩将她称作野蛮人、恶徒，她后来也的确成了他口中之人。

作者安吉拉·卡特身处相似境遇。本书是她的第四部小说，发行于混乱的二十世纪六十年代末。在这本极具突破性的书中，她独辟蹊径踏上了一场发现之旅，弃质朴的英国虚构文学传统于身后，纵身跃进纠葛、黑暗的边缘地带，以“残酷、惊奇、骇人的故事和美妙的叙事，直接描摹潜意识中的意象”。在被评论家们打上“哥特”的标签之后——而她自己认为那些作品不过是主流的自然主义——她在 1975 年写道，她决定“真的要写一本哥特小说，一本货真价实、惊悚华丽、情感偾张的哥特小说。我正在读超现实小说，我非常认同这种风格，我写的这本《英雄与恶徒》算是一部哥特文学的仿作（以沙滩男孩最近一首同名歌曲命名），我在这个故事中探索了几个令我困惑的政治问题。这种与自然主义相去甚远的风格给予了我绝妙的自由”。

玛丽安被关在那座安全却令人窒息的钢筋混凝土高塔中，同样地，卡特也深觉被当时主流的文学理念囚禁。“这些作品争相赞颂现实”，只不过是“社会规范指导手册”，她这么评价她同时代的小说。她接受的是萨德侯爵对于艺术的定义，即“对既有秩序永恒的、违反道德的颠覆”。她认为，写作“激发恐慌感，因而具有一种独特的道德教化功能”。她认为自然主义宣扬已死的形式和半真半假的事实，“在政治上大力压制其他形式”。她由此厌弃了自然主义，而转投哥特模式：“大型灾难，模式化的人物塑造，鬼魂，对于心灵的关注，华丽浮夸、特色鲜明的文风”（所有这些特质都体现在了《英雄与恶徒》之中），“它基本没有想要模仿自然，所以它也并不会传播关于这个世界的错误认识”。

《英雄与恶徒》中的世界遭受了核战争的重创，人类社会回归到英国中世纪的模样。孤立、驻防的村庄里，住着世袭的教授、士兵和工人，他们的周围环绕着磅礴的森林，其间栖息着从战前动物园中逃脱的野兽，居住着与吉卜赛人相似，以掠夺、狩猎为生的文盲“野蛮人”。除此之外还有变异人种——“异民”，如僵尸一般潜伏在被污染的废墟城的边缘地带。玛丽安为解救她的野蛮人丈夫，杀了一个变异人，但她“不觉得羞愧也不害怕，相反，她得以从百无聊赖中解脱出来，并随之生出了一种幸福感”。玛丽安是一位意志坚定的独立女孩，强奸的暴行和野蛮的行径都不曾将她吓倒，她唯一惧怕的是失去自由，这与卡特创造的其他女主角的形象一致。就算在小时候，玛丽安听说野蛮人吃人，“把小姑娘裹在黏土里……放在火上烤，再撒上盐吞了”，她也只是觉得自己的肉对他们来说太老了。

部落的精神领袖是一位疯狂的萨满，名叫多纳利，曾经是一位教授。他身材高大，留着阴阳胡子，服饰浮夸，牙齿锉尖，生性残忍，喜欢奇特的异教仪式和吟诵格言，致力于创造神话。知识让他在这群文盲中拥有了权力，不过那位冷酷的教授女儿让他棋逢对手。他试图将玛丽安转化为“我们的荒原淑女”“我们的沼泽处女”“我们的圣人形象”。他告诉她：“你让这些不幸的人有了恐惧和厌恶的寄托，无须再怨恨他们多舛的命运。”但是她厌恶“圣人形象”，不愿如他所愿，她要消灭圣人形象。就如卡特所言：“我认为我所做的，我的工作的本质，就在于剖析神话，以此探寻人类社会的根基是怎样形成的。”她将神话贬斥为“荒谬的精神慰藉”，然而这门艺术的魔力仍吸引着她，多纳利那些疯狂的举动，某种程度上印证了这一点。他诞生于卡特与中世纪梅林形象的渊源，那是她本科学习期间的题目[1]。他已在《魔幻玩具铺》中以邪恶的木偶匠人菲利普叔叔的形象登场，并将在完成《英雄与恶徒》的两年之后，在卡特的力作《霍夫曼博士的魔鬼欲望机器》中，以伟大的魔术师霍夫曼博士的形象抵达神化的巅峰。

虽然此刻的卡特，还未及一两年后那本鼎盛之作的成熟风格，但她的大部分特点都已具备：狂暴的激情，率直的脾性，不凡的智识，蓬勃的创造力，以及大胆无度的修辞和意象。"语言领域的讲究人"，《独立报》如此称呼她，"巴洛克的情妇"。她如她的文学英雄——她称作"本世纪最伟大的英语作家"的罗纳德·费尔班克——一样，坚持语言作为主体，她希望她笔下的虚构作品"完全知晓其非存在的状态，也就是，对自身的性质有意识，知晓自身不同于可感触的、直接的人类经验。我确实相信，如果一部虚构文学完全意识到自身是作为现实之外的另一种形式的人类经验（也就是说，不是一本流水账日志），它可以改变现实本身"。

罗伯特·库佛[2]，2011 年

1 原文是 graduate（研究生），可能是笔误。卡特在布里斯托大学攻读中世纪文学取得的是学士学位。

2 罗伯特·库弗（Robert Coover，1932— ），美国作家，布朗大学文学系荣誉教授，擅长写作奇幻虚构和元小说。卡特的好友之一。

英雄与恶徒

产品经理 | 刘洪胜　监制 | 黄圆苑　装帧设计 | broussaille 私制　责任印制 | 刘世乐　出品人 | 于桐

图书在版编目（CIP）数据

英雄与恶徒 / (英) 安吉拉 · 卡特著 ; 刘慧宁译
. -- 成都 : 四川文艺出版社 , 2021.5
ISBN 978-7-5411-5961-9

Ⅰ . ①英… Ⅱ . ①安… ②刘… Ⅲ . ①长篇小说—英国—现代 Ⅳ . ① I561.45

中国版本图书馆 CIP 数据核字 (2021) 第 060429 号

图字: 21-2021-101

YINGXIONG YU ETU

英雄与恶徒

〔英〕安吉拉·卡特 著　刘慧宁 译

出 品 人　张庆宁
责任编辑　邓　敏
装帧设计　broussaille 私制
责任校对　汪　平
出版发行　四川文艺出版社（成都市槐树街 2 号）
网　　址　www.scwys.com
电　　话　028-86259287（发行部）　028-86259303（编辑部）
传　　真　028-86259306
印　　刷　北京盛通印刷股份有限公司
成品尺寸　128mm×198mm
开　　本　32 开
印　　张　7
字　　数　140 千
版　　次　2021 年 5 月第一版
印　　次　2021 年 5 月第一次印刷
印　　数　1—6,000
书　　号　ISBN 978-7-5411-5961-9
定　　价　48.00 元